乡村书系列二 /

新疆美术摄影出版社
新疆电子音像出版社

阳台上的花

蒋九贞 著

图书在版编目(CIP)数据

阳台上的花 / 蒋九贞著. -- 乌鲁木齐 : 新疆美术
摄影出版社 : 新疆电子音像出版社, 2012.4
ISBN 978-7-5469-2278-2

Ⅰ.①阳… Ⅱ.①蒋… Ⅲ.①散文集-中国-当代
Ⅳ.①I267

中国版本图书馆 CIP 数据核字(2012)第 063675 号

责任编辑　马新华　丁娜娜
插　　图　轩辕文慧
封面设计　王　芬

阳台上的花

著　　者　蒋九贞
出　　版　新疆美术摄影出版社
　　　　　新疆电子音像出版社
地　　址　乌鲁木齐市经济技术开发区科技园路7号
邮　　编　830011
制　　作　乌鲁木齐标杆集书刊设计有限公司
发　　行　新华书店
印　　刷　北京德富泰印务有限公司
开　　本　787mm×1 092mm　　　1/16
印　　张　13.5
字　　数　110 千字
版　　次　2012 年 5 月第 1 版
印　　次　2012 年 5 月第 1 次印刷
书　　号　ISBN 978-7-5469-2278-2
定　　价　29.80 元

本社出版物均在淘宝网店:新疆旅游书店 http://xjdzyx.taobao.com 有售,
欢迎广大读者通过网上书店购买。

写在前面

忽然想到风的梳子,它将四季梳理得分明如斯;忽然想到行道上的落叶,它经历了太多的风雨;忽然想到阳台上的花儿,它的生命竟如此坚强。我本慧根,可是世俗让我模糊了双眼;我本善良,可是邪恶使我学会了狡黠。然而,慧根毕竟是根,是根就可能发芽、开花,以致结果;善良毕竟是善,其质蕴涵于骨髓和血液,不可泯灭。我每一次从梦中醒来,看到的都是光明,呼吸的都是新鲜空气,还有它,一束并不鲜艳的花。

于是我想,世界依然美好。

春与秋,风和雨,言语及行动,一切都已倦怠。

而茶,却清香淡淡,似有云雾在杯口飘拂。酒过三巡,音乐骤起,就着霓虹,展开了那卷书,不知不觉中,东方已经破晓。

离去的月光,最后那丝眼神残留在窗台。

我忘记了还有冬天。夏,正如火如荼地挺进。

还会有梦吗?

梦,其实离现实很近,很近……

2011 年 9 月

目　录

第二辑:饮茶悟道

卷后语

第一辑:清风养眼

梦回母校

　　曲柳荫荫。如网的石板路,分隔了云中的青砖、红瓦、绿窗。女老师的教鞭指点迷津,绕舌的俄罗斯字母发音引发了哄堂大笑。年轻的女教师漂亮的脸庞腾地红了,两只杏眼发起怒来也至善至美。教语文的是一位修养颇深的学者,他的通用语无可挑剔。据说他曾在国民党政府"中央广播电台"当过广播员。他笑的时候很诚恳,让人觉得那是发自心底,是博学的长者的自信和信人的倾吐。他指着我的一篇文章,想说什么,但欲言又止。我似乎是有生以来第一次没有读懂他。这影子一直纠缠着我。这件事发生在什么时候呢? 好像是中学的第一堂课间,又像是不久前的一天晚上。二十多年了(此文写于上世纪六十年代,"二十多年了"即指六十年代),还是才几天? 我说不清楚。

　　校园的路很清洁,偶尔有几片金黄的梧桐叶,点缀得如画的风景多几许诗情。

　　一丛竹子。不是绿竹,叶子早已枯萎变白。一口小池塘。池塘里横七竖八有几枚门板床腿。池塘的水变浊了。蚊虫嗡嗡,如雷震耳。教语文的老师拉了一车白灰,一顶硕大的高帽子罩住了他宽阔的额头。我想呐喊,却猛一弹跳,如鸟儿般展翅飞翔。

天空中,那片蓝色的云。我知道那是生命的象征。没有生命,便没有生活,没有社会,没有实践,没有真善美,没有假恶丑,没有文学,没有一切。几只白鸽自由如是。长江的水滚滚东流。艄公的号子如歌似泣。贫瘠的土地上一列沉重的火车喘着粗气。云把秃了的毛笔扔进垃圾堆。云递给我那杯开水时也笑了一下。蓝色的云投下的阴影正好将我遮掩。女俄语老师喃喃自语:

"食高啦!食高啦!"

我戴上眼镜。镜片底下的那双眼睛一定很痴,很呆,而且迂腐透顶。有一种声音好像老是在说,要用世界上的全部知识武装自己。那幅标语上也是这么写的吗?

我写的诗不翼而飞。诺贝尔的手好有力,我和他握手时确实较量了一下,竟没有把他扳倒。为此我会后悔一辈子的。教语文的老师向我投来鼓励的目光。拉拉队的声音洪亮极了。反正我会赢他的,我想,我有的是时间。

欲言又止的神态搅得我夜不成寐。

榕花树吐着如绒如丝的花蕊。荷花有一种清香。我真不明白在那肮脏的烂泥里怎么会生出这样一类有着洁癖似的花。如果我有闻一多的嗓子,我肯定要"爆一声":啊,我们的荷花!

什么意思?教导主任平时是十分器重我的,为培养我倾注了许多心血。他看见我写的一首诗里有"爆一声"三个字,竟大惑不解,继而雷霆万钧。我掉到井里的那天,有许多许多人围着井台转。我弄不清他们在转什么。学校的月季花被折断了。满井台都是撕碎的花瓣,红的、黄的、白的,还有蓝色的,如云,如雾。那块天地里空气必是稀薄的。我好像被人扼住了喉咙。

这就是我的母校吗?郭沫若题写的"郑中礼堂"四个简直如婉约词似的字依然熠熠闪光。校史室里那数不清的名人照神态各异。他(她)们看见我的萎靡了吗?富丽的玫瑰花盛开的日子。我想说话吗?我能说什么呢?

湛蓝的天空,那轮永不知疲倦的太阳仍然亢然如初,犹如烂漫的孩子。也许,它真的是一个孩子,天真活泼,朝气蓬勃,在这个辉煌的季节里,让欲望之火不息地燃烧、燃烧。

我仰望天空,仰望那片蓝云,仰望青春的太阳,我觉得我还会飞起来。

一片青春的吵闹。绿色的窗子里灯火通明,书声朗朗。女老师的教鞭指指点点……

我认真地读着一本书。

春日

微山湖的春天似乎是在恍惚间倏忽而至的。

记得那天芳姐气色很好,兴致颇高,她的对襟褂儿洗得脆生生的;扎着两只羊角辫儿,越发显出她的纯真、率直和活泼;她的圆圆的脸庞儿笑得像门前的石榴花,一路唱着那首"流行"的歌:一呀么一更里,月儿出东山,跨过淮河赶江南,实现在今年……真的,她银铃般的歌声至今还时不时地在我耳边回响。芳姐挎着一只柳条篮儿,我也挎着一只柳条篮儿。她拉着我,我们像比翼双飞的燕子在湖滩上忽隐忽现。除了远处的天光水色,就是这脚下绿茵茵的一片了。暖融融的太阳底下,浮云化作了乳白色的气体,在空旷无垠的天地间悄悄地流动。天的那边好像有一条飘动着的白绸带,虽然漂渺,却依稀可见。几只野鸟在其间翻飞。一只百灵鸟从草丛里一跃而起,欢唱着停在半空。还有两三只黄色的小鸟儿一窜一跃地游戏嗣啾。春天的彩色凝成鲜明的亮光,与这一切和谐地融为一体。我把一朵小红花插在芳姐头上。

芳姐的脸红红的,一只手就轻轻地抚摸着那花。这是一个风和日丽的日子,我们很快挖了满满一篮子野菜。我想象着这野菜已经变成了热腾腾的菜团子，热腾腾的菜团子直往我肚里钻。她的歌声又响了：一呀么一更里……

突然，一股旋风骤起。霎时，我眼前竟是天昏地暗，连鸟儿们都惊叫着四散而逃。我的柳条篮子被旋上了天，一篮子野菜在风中散落。我哭了，心疼地哭了，这是我多半天的劳动成果哇！

芳姐先是怔住了，而后猛追那旋风，一蹦一跳地去捉在旋风中飞走的柳条篮子。几株野菜挂在了她的头上、身上。一丛杂草缠住了她的腿，她一下子跌倒了。她的脆生生的对襟褂儿跌得满是泥土、她的头发也蓬乱了，两只羊角辫儿甩开着。她爬起来，又扑上去……

我的野菜不见了，我家一天的饭食不见了。我们擦干眼泪，相约明天再来。

但是，我们"明天"没有再来。以后的世事沧桑，还有那一场场的风风雨雨，使我们没有再来。

有一年的春日，我约了几个朋友来微山湖春游。也是一样的风和日丽，偌大的微山湖洋溢着无可比拟的自然之气，油画般的景色以及清新的气息令人心旷神怡，兴奋不已。我们正热烈地赞美着全能的上帝，赞美着这天地造化，吟着"胜日寻芳泗水滨，无边光景一时新"的诗句。我分明看见芳姐孑然一人在那空灵若雾的湖野徘徊，像在寻找什么。待她的一只手轻轻抚摸她的黑发时，我还仿佛看见一朵小红花。啊，那一朵小小的红花，小小的红花啊！

我赶紧跑过去。

今年的春日，我又去旧地。然而索索的风中只有我自己。我知道她已去了南方，和她的丈夫，去了南方的一个城市。你在那里过得好吗？

我只有遥对南天，深深地祝福。

一只百灵又唱了。

……你像天空的一颗星辰，

在明亮的白昼之中，

虽然隐形，我却听到你强烈的欢腾！

那匹枣红马

忘记了是哪一年,春天,队里买了一匹马,枣红色的,挺精神。先前队里是喂了三头牛的,刚好一帼,全归二爷管。从喂养到使唤,二爷起早贪黑,累是累了点儿,但也乐在其中。眼下又有了一匹马,马比牛干活快当,二爷照理应该喜上眉梢。

二爷是好把式。二爷的吆牛歌唱得比如今的流行歌曲还动听。二爷自以为对马也有把握得很。你看他那从卖马人手里接过缰绳的架式,要是搬上舞台亮相,准是一个绝妙的特写镜头。二爷的兴奋和自信却激怒了枣红马。枣红马脖子一挺,"喷"打了个响鼻,接着便是一阵"咴咴"的嘶鸣,前腿踢起,几乎直立。在场的人们都捏了一把汗,小孩嚷叫着往大人背后躲。二爷有几秒钟不知所措,但很快就镇静了。他借卖马人的威力将马制住,然而却丝毫也不敢再大意。

兰姑是傍晚时分到饲养室的。她背了一捆青草,交给二爷,过了称。她真能干,小小年纪,平日里除了跟大人们一样出工挣工分外,还利用田头休息的时候割草换工分。兰姑发现了枣红马，不顾一身泥汗，一窜一蹦地跑到跟前。她拍拍马的脖子，抚摸着马的额头。二爷慌地叫她，她嘻笑着说马儿怪可爱的。说也奇怪，枣红马竟一动不动，任她摆弄，一双眼睛半睁半合，十分惬意的样子。二爷吓唬她，马怪哩、踢人哩，离远点儿! 兰姑不害怕，说，我还敢骑它哪。那天兰姑是否骑了它，有人说骑了，有人说没骑，我不得而知，但我确实见她骑过，那是后来的事。

二爷把枣红马牵到地里，上了套，吆喝一声。马如临大敌似的，拉了还没有放下手闸的双铧犁奔跑起来。二爷怎么也制止不住，被拉得上气不接下气，一边大声呼喊:马惊了! 马惊了!

兰姑不知从哪儿冒出来，她的小巧的身子如闪电一般，从二爷手里夺过鞭子，几步窜到马的左前方，"啪!"地甩了一个炸雷似的响鞭，枣红马惊得立时停下，"吩吩"地喘气。后来卸了套，她就是骑着回村的。她骑在马背上，昂然自得，那姿式活脱脱穆桂英下山。人们都说，兰姑前世是马的头领，要不，那马咋就怕她?

再后来，兰姑不上学了，她向队里提出要喂马。哪有女孩子当饲养员的? 队里的干部们当然不答应。兰姑说，不叫我干，看谁能使得它?

这之后，枣红马还真的没人敢使唤了。二爷都被它踢得睡了三个月，谁还敢一试呢? 就有人提出要卖马。不过有人主张烈马出好活，还是找个能降住它的人吧。如此犹豫不决，就到了责任制的年代。枣红马于是标了价，准备抓阄归个人。就在商定抓阄的当天夜里，枣红马不见了。它咬断了缰绳，弄开了饲养室的门，是趁着二爷打呼噜的时候跑走的。村里出了十几个人，分头找了七八天，也未见踪影，只好作罢。

二爷倒是想得开，说，算了算了，跟没事儿的人似的。

兰姑为此哭了好几天。兰姑说，恁不找，我找，找不到它我就不回家来了! 兰姑就去找。兰姑自从去找枣红马，就没有再回来。到底她找没找到枣红马，还是携枣红马"私奔"了，没有人知道。据说她家里人找了她很长时间，也没有她的消息。她彻底失踪了。

许多年后，有人说看见那匹枣红马在微山湖的草滩上奔驰，在九里山的丛林间长啸，在村头的小河边吃草，在饲养室(现在早已变成一片两层楼的农舍了)门前转悠。

二爷摇摇头。饱经风霜的二爷不相信,村里人也没有谁相信。

只不过在梦中,我偶尔还看见它,听见它,并且看见兰姑得意洋洋地骑在它身上,"嘚儿嘚儿"的吆喝它,风驰电掣般飞驰……

今年的春天

我记得我歌颂过春天,那是好多年之前。

我脱去棉袄,又脱去毛衫,换上很单的衣裳。我走在路上,觉得身上出了汗,涔涔的,两腿湿漉漉地被缠得迈不开步。我开始注意道旁的桐树,冠上的枝条变得绿莹莹的,似乎还挂满了毛毛虫。草坪上的绿闪出了晶晶的亮色,连马路边的广告牌仿佛也浸在兰草的汁液里泡过似的。来往行人脸的色彩比以前有了生气,显得兴致勃勃,人人都装着一肚子喜悦。大车小辆,行色匆匆。这一切都与天气的突然转暖有关吗? 我解开上衣的纽扣,掏出手帕擦了一把汗。

这时候太阳高高的,肯定很傲慢,它很想展示它的风采,憋了一冬后,它以为这样的时机到了。它很恨风,恨风减弱了它的威势,所以它更以百倍的疯狂吐出它的舌头。而风有点儿垂头丧气,自知已失去了往日的凶猛;但是,仍不甘心,它在积蓄力量。

"看呀,我的风筝!"一个稚气很浓的女孩喊道,一边还蹦跳着炫耀,"最高! 最漂亮！"

一片阴云从天边慢慢漫上来,漫上来,这才是春天的云。如果是夏天,云则随时会在天空的某个地方生出,骤起,继而可能飘散,也可能形成雨云。而春天的云会毫不客气地把太阳封个严严实实,有时一天,有时两天,甚至十天八天不松懈。春天的雨淅淅沥沥,不大不小,慢条斯理,很会打持久战,往往几天不肯歇息。说"清明时节雨纷纷",有些道理;说"春雨贵似油",实在令人莫名其妙,至少在我的记忆里是这样。

"预报明天有中雨",朋友说,无可奈何的样子,"年后就没见过太阳,这鬼天气!"

我看了看 BP 机上的信息,点点头,又摇摇头。"今天是二十摄氏度,明天又降到五六摄氏度。"

"我本来是想明天到中山陵梅花山去的。"

"已经是残梅了。"

"想看看残梅。"

"只有今天去了。"

于是,我们叫了辆面的。风发出了反攻的信号,天气一下子凉了许多,我的裤管里陡然间像注进了冷水。小女孩的风筝收起来了。

然而,春天仍然是美好的,比如那树上的新叶,就要生出来似了。

雨

坐在空调的房间里，看电视里的格斗，或者上网聊天，是不会知道这雨的分量的，初冬的雨，冰一样晶亮，铅一样沉重，也有人以为它像一杯杯郁香的啤酒，让嗜酒如命的人醉倒，让不胜酒力的人怯场。

其实，这雨就只是雨，初冬的雨，不紧不慢，啪啪哒哒，点点入地。它没有春雨的缠绵，没有夏雨的潇洒，没有秋雨的惆怅，似乎也没有深冬的雨那么冷酷，或者时而夹带着几朵菱样的雪花。初冬的雨，在空寂的小街上慢悠悠地行进，当街的红绿招牌在它织成的帘中定格，雾化，既模糊又清晰。对面有一簇芙蓉菊，在这雨中却更加透剔，冰肌玉肤。

一位六旬翁带了他的孙子走在街上。"爷爷，快点，淋得太久了，会病的。"孙子仰着头说。孙子有八九岁吧，稚嫩的声音如雏凤。爷爷看着他，从身上脱下已湿淋淋的外套，给孙子披上，连头带身子。孙子不要，但孙子最终还是给罩上了。爷爷的内衣很单薄,一件旧线衣已经过了温暖的年龄。孙子牵着他的手,冬雨中两个影子在移动,一个高大些,一个矮小些,一个萎靡些,一个活泼些。雨在他们的身上渗透,看得见爷爷时时颤抖的样子。

"爷爷,咱到哪儿去呢?"孙子终于发问了。

"到……咱就这样走吧,孩子,就到地方了。会好起来的,你一定要相信。"

这个小城里,谁也不认识他们,谁也不知道他们要到哪里去,要去做什么。他们在雨中就这么一直朝前走,直到消失在郊外的田间小路上。

我看见了这一幕(我相信很多人都看到了这一幕),我的心当时很苦。但是,我没有挽留他们,让他们到舍下避避那已经寒冷了的雨,请他们喝一碗热腾腾的姜汤。我很后悔。

初冬的雨,什么都不是,我不诅咒它,更不赞美它,我写它只是觉得我欠那雨中爷孙俩点儿什么。

广袤的天地间,雨还在下。我忽然将一只茶杯摔在地上。

雨啊……

鸭殇

二十多年前，我还没有移居这座城市，算是个乡下人。乡下人自有乡下人的乐趣，我在老宅里养了两只鸭子，一只是黧不拉儿的大麻鸭，另一只也是黧不拉儿的大麻鸭。我每天下班回来，第一件事就是看看鸭们哪儿去了，门前的小水坑的涯儿上是否有它们产下的青皮子的蛋。鸭蛋的一般吃法是把它们积攒起来，放在缸里，培上盐泥，腌咸了当菜，那切开了的蛋里常常流着红乎乎的油，看了就馋嘴。有时我也用它冲茶喝，加了糖和香油，但味道不美，腥气重，蛋穗子木木的，比不上鸡蛋。

这两只鸭子很讨人爱，且不说那每天一个两个的副产品，你若是仔细观看它们水中的游戏，也着实惹人。早晨的太阳红彤彤的一出来，水坑西边的墙上就有光影晃动。鸭们嘎嘎叫着冲出院子，支撒着似乎永远飞不起来的翅膀，哗啦哗啦扑进水里。一只一个猛子扎过去，大约就到了水的中央，然后浮出了水面，回头对它的同伴高兴地叫。另一只也立即不见，只有几圈涟漪迅速扩大。两只鸭会在一起了，相互点了点头，就朝某一个方向游去,同时又嘎嘎叫着,好像在呼唤其他的同类。初冬的黄昏,已经很冷,水面也明显有了麻麻的凌花。鸭子却在有了凌花的水里尽情地嬉戏,它们有的优哉游哉,在小水坑里转着圈子;有的扑扑腾腾地打着水,或者伸长脖子将前半身露出水面;有的就要走上岸来,若有其事地拢着羽毛。而那两只大麻鸭往往还兴致正浓,忽而潜艇似的在浅水里穿梭,忽而快艇一般在水面游弋。待玩耍够了,天色已经黯淡下来,它们才余兴未尽似的一扭一扭地上岸,故意在我面前摇晃几下,然后嘎嘎叫着进了院子。我看着它们,同时也就驱除了一天工作中的烦恼和不快,忘却了所有高兴的和不高兴的事情,使灵魂得以净化。

某日,连云港一文友来访,家中无菜肴,我欲返回十几里外我上班的集镇上去买。文友便阻拦,说又不是外人,朋友之间何必那么客气。我愈发觉得不好意思,执意回去一趟。

"你是城里人,来俺家里也忒寒碜啦,不弄俩菜哪行?"妻也说。

文友挺机灵,转眼便发现那两只上岸的鸭子,说,"就杀一只鸭子吧。"

我和妻一下子楞住了,互相对视了好一会儿。

"杀一只就行,老朋友了,搞那么多菜干什么。"文友又说。

"我,我不,不会杀,也不敢杀。"妻眼里的神情很复杂,还蓄了汪汪的水。

文友接过去:"我来,我来,自己动手,丰衣足食。"

说完还哈哈笑了起来,是一种完全的随意而融洽的笑,这语言和笑声当然相当准确地反映了我们之间交情的深度。我无奈地对妻点点头。

妻说:"你们兄弟俩摆弄吧,我去择菜。"就一头扎进厨房。

两只鸭子余兴未尽似的,嘎嘎叫着,屁股一扭一扭,"一二一"地往院子里来,时而还煽一下翅膀,紧跑两步,一股子高兴劲儿。

我心里却一秒比一秒紧张起来。啊,从不设防的大麻鸭啊,天真无邪的大麻鸭啊,无忧无虑的大麻鸭啊,知道等待你的是什么吗?你不要往前来了吧,不要,一定不要!你们还是回到水塘,回到水塘,回到可以躲过一劫的小水塘。可是,它们依然欢快的一往直前,根本意识不到厄运的来临。而我,只能在心里呐喊,无法溢于言表。有朋自远

阳
台
上
的
花

方来,我怎么可以舍不得一只鸭子呢!

文友特欢喜,看见鸭子们进了院子,他轻快地一拧身,绕了个弧形,稍后把大门关了,然后叫我:"来,帮帮忙,逮住它!"他真的"喧宾夺主"了。

两只鸭子觉察到了危险,快速扭动屁股,跑起来。它们笨,跑不动,就煽起短翅,扑扑啦啦,似离地非离地的,围着院子转。

"功夫不负有心人",文友终于逮住了其中的一只,他提着它,气喘吁吁,突然大笑了,上气不接下气,说:"挺肥的。"

另一只鸭子见同伴已就擒,便停住,惊惶着,眼巴巴地看他,看提着它的伙伴的文友。

文友操起菜刀,却又放下了,叫我"拿一根大针来",说:"杀鸭子是要用针钉它的脑袋的,不同杀鸡。"

杀这只大麻鸭的时候,另一只扑过来,大叫着,文友一脚把它踢出去。它翻了几个滚,用翅膀拄住了地,扭头仍盯着文友和他手中的鸭子,眼睛里分明噙满了泪,悲哀地呼叫着,呻吟着,愤恨却无奈。之后,我就被文友拉了帮助做饭,心里隐隐的痛着,努力模糊着它的悲愤和痛苦,也不知了它的去向。

这一顿饭吃得时间很长,我们还约来了我们共同的朋友——很有名气的青年作家王君,他们都是"酒篓子",至次日凌晨四点多钟才结束,三个人竟喝了四斤酒。

待朝霞满天的时候,我从沙发上爬起,还没醒透,就听妻咋呼:"这鸭子咋的啦? 咋的啦? 啊——死了,咋就死了呢? 好好的,本来是好好的,咋死了呢? "

"吁,我说你小声点儿。"我朝她摆手示意。然而,文友已经惺忪地张着眼站在门边了,王君也接着醒来。

"好哇,"文友说,"该我们口福。"后来他还说了一句更肆意的玩笑话,"嫂子疼俺,这鸭子也真是……"

妻的眼泪分明已经掉下来了,连连说:"昨晚还好好的,咋就死了呢? 昨晚……"转身回她的卧室,她的背影有些儿颤抖,肩膀一耸一耸的。

不用说,仍然是文友亲自下厨。

我肚子很胀,怎么也吃不下去。

我的两只鳖不拉几的大麻鸭就这样转眼间打了我们的牙祭。每每回想起来，总觉得有点儿什么意义在里边，令我心头发颤，令我联想起太多太多似乎毫不沾边的东西，冒出些不是感慨的感慨。打那以后，无论什么场合，我是绝不吃鸭子肉的。

啊，我的那只被宰了吃的鳖不拉几的大麻鸭，还有另外那只"不求同日生，但求同日死"的"殉道"后仍被我们吃掉了的鳖不拉几的大麻鸭！

阳台上的花

阳光灿灿的,斜斜的漫过来,漫上了那盆花。微风起了,搅动着空气,搅出了一股清香。

我每天都流连阳台,驻足凝视那白的花,嗅着花蕊里吐出的芬芳。

可是,我却不知道花的名字,说不出芬芳的香型。

其实这并不重要,重要的是阳台上的那盆花天天和我相伴。

三十年前的今天,是个下雨的日子,我依在办公室门边,在脑幕上书写一首关于雨的诗。突然,在雨帘的那边,我发现了奇迹,新修的水泥路面上有一枝花,碎碎的,如一串白玉珍珠,雨柱没有击倒她,相反,她却傲然挺立。

不知为什么,我竟觉得和她心灵相通。

我小心翼翼地将她捧回。

我常常伫立花的一侧,看她晶莹的花瓣,和似乎在搏动的蕊。我感觉到了她的温馨,以及那颗理解的心。清早起来,她使我愉悦;下班回家,她把劳顿和烦扰从我身上驱散。高兴时,我向她报喜;苦恼时,她听我倾诉。顺境,我和她同欢欣;逆境,她与我共命运。

我不会伺弄花,为此她受了不少委屈。有时候,浇水使她几乎淹毙;有时候,干渴让她实在难耐。然而,她总是无怨无悔,坚强地守望着她的崇高和平淡。是的,她很顽强,无论风雪摧残,无论烈日爆晒,她都依然故我。虽然有时看起来她也随风摇摆,她也有衰落和颓废,但是时光老人是最好的见证,她始终鲜艳如初。

妻虽为女性,却不喜欢花,也不懂花,时常唠叨花的碍眼和占地方。有一年我们搬家,妻说,扔了吧,没地方放。我坚持一起搬走,并在新居室的阳台上重新给花选择了位置,让花安得其所。妻见我嗜花如命,没有办法,只得宽容。

现在,我面对着阳台上那盆无名的花,竟然觉着无话可说。太阳渐渐升高,天上有一朵白云漂浮着,白云在蓝天上的雅美不可名状。那是我的花吗?

花不让我陶醉在她的芳香里,她要我看得更高远。

遥远的回忆

对于湖,我的偏爱只有自己知道,我熟悉它,喜欢它,眷恋它,以至于永远也忘不了它。

我是湖边长大的孩子,我的老家在微山湖畔,就是唱"西边的太阳就要落山了"的地方,一个美丽的所在。记得每到春暖花开,我和村里的小伙伴们都要跑出村子,在野地里"疯",看着红的黄的蓝的白的花,偶尔掐下一朵两朵,凑机会插在某个女孩子头上,那女孩儿就红了脸,用手慌忙打掉;如果掐下的是蒲公英,就把秆儿夹在两指头间,捻动它,看它"丝儿丝儿"转动,掉下三五瓣小花儿,慢慢落在脚下,或者用嘴吹那花,一片一片雪儿似的在空中飞,你吹我吹他也吹,真的就大暖和的晴天里"雪花那个飘"啦。到了夏季,更是我们孩子的节日,少小时光腚玩耍不说,单说那水中的游戏名堂就不少。我们常常跑到微山湖,在岸边浅水里"打水仗",比扎猛子,还在京杭大运河里比赛游泳。那是事先规定好了的动作,比如这一轮是仰游,你就必须面朝上躺在水上，手扒脚蹬，有时候还规定不得用脚辅助，两腿只要动一下就算犯规，速度再快也不算"成绩"。"自由式"最灵便，谁想怎么游就怎么游，只要速度快就是胜者。不过也有比静浮的，躺在水面一动不动，动了就输了，看谁浮的时间长。我差不多都是赢家，我的水性在村里的孩子中数一数二，只有丽姐儿可以与我匹敌。我潜水的功夫也了得，能在水下憋一支烟工夫(听起来夸张)，我扎猛子总是贴着地面，两手扒地，像兔子似的在水下窜，速度特快，惊得小伙伴们直咂嘴。春天和夏天，东南的蓝蓝的山峦很迷人，那山是透明的，玻璃一般，它一定像货郎子卖的琉璃球似的，里边藏着一个世界，花的世界或者动物的世界或者童话的世界。透明的蓝色的山和同样透明的但显得白茫茫的天空还有灰蒙蒙的大湖连在一起，简直分不出哪是山哪是天哪是湖了。秋天也挺好玩儿，秋天湖里的水大，要是连着下几天大雨，湖水就涌上来，凶猛地拍打大堤，"隆隆"地响，很吓人。湖上的船帆没有了，水湾里就停满了一排排的木船、水泥船、小排筏。船上的男人就上岸采买吃的用的，女人在船上拖地、做饭，小孩子腰里绑着泡沫一类的东西，用绳子拴着，在船上从船头跑到船尾。冬天最寂寞，湖里的声音少多了，许多人在白皑皑的冰雪上踩藕楼柴，湖面上就有一群群野鸭子活动，仿佛冬天是它们的季节。

比较起来，我最喜欢夏天的夜晚。夏夜是在人们啪啪地用蒲扇拍打蚊子的节奏里来到的。成片成片的蚊子像糠一样在空中喧嚷，锣似的声音使燥热的天气更燥热。吃罢饭的人们，无论男和女都拥到村南的场地里，或铺上破席坐地拉呱，或拍着扇子四处走动，三五成群，常常夜不能寐。村里的灯光渐渐稀少，终于变成漆黑一团，越发威严地蹲在那里，"烟民"的烟头火萤火虫般地闪来晃去。天河倒挂在西南，几颗贼亮的星闪着红的黄的白的光，眨着眼，仿佛也想来凑个热闹，听地上的人胡侃八连。知了永远不知道疲倦，在夜幕下的高树上猜测着每个人的心思，审视着人间万象，对一切都是"知了"；夜莺的歌声优美动人，连相对笨拙的"地牤牛"也尽量发出不讨人厌的鸣叫；蟋蟀的乐音清亮悦耳；还有孩子的嬉闹声，此起彼伏，汇入所有的声音里，形成美妙绝伦的交响曲。

顺爷是每个夜晚的"焦点"，他很会讲故事，他肚里有讲不完的故事，天天讲也讲不完。顺爷年轻时当过兵，先当国民党的兵，后当共产党的兵，打跑了老蒋，部队要留他在南方做官，他不干，跑回家分了一份地，"老婆孩子热炕头"了。他走南闯北，经多识广，拾起话来就能讲一晚上。

　顺爷那天讲的是"现留城"的传说。不，他说那是他的一次亲身经历，身临其境，亲眼所见。有一天，起初天地间雾气腾腾，后来放晴了。收了上午工，他没回家，就到湖里割草，他想抓紧中午吃饭的一两个钟头，多挣几个工分（青草割下来交给队里，15斤换一分），年终分配好给儿子娶媳妇。太阳很毒，晒得他头晕。他找着一片深草地，耍开镰刀，紧割慢砍，不大一会儿，就够一小捆了。他直起腰来，擦擦汗，睁开眼睛望了一下。这一望，奇迹出现了：眼前竟是古香古色、鳞次栉比的街道，街道虽不宽，却也异常繁华，两边店铺相挨，街上人来人往，各种日常百货、乡间杂物、古玩玉器、吃的用的，无所不有，琳琅满目。偌大的城镇没有一点儿声响，所有交易都是在无声中进行。他进出一个个大店小铺，挑选着自己的需求。此时，他的脑袋十分单纯，单纯到一片空白：他不知道该要些什么。他拿起一床锦缎被，看了看，摇摇头，放下了，其实他家里的那条破被子早已不能盖了。他拿起一只青铜盆，看了看，摇摇头，又放下了，其实他家里的洗脸盆子早已七窟窿八眼了。他拿起一条金项链，看了看，他知道那条沉甸甸的金项链价值几何，卖了足够他家生活几辈子的，但是他摇摇头，也放下了，其实他家穷得实在揭不开锅了。他跑遍大街小巷，寻遍全部交易场所，最后看见了一口铁锅，他心里一亮：铁锅？对，就要铁锅！他清楚铁锅的分量，听说过铁锅的神奇。他想，想当初徐偃王不忍连累老百姓，在楚国进攻他的时候，主动撤退，从黄河边儿上撤到徐州东边的徐山，连军队带百姓几十万号子人，被楚军团团围住，眼看弹尽粮绝，也是偃王仁义感动天地，他从微山湖得到一口铁锅，他令人把军中仅有的干粮倒在锅里煮，然后分给大家吃。哪知这是一口神锅，几十万人排着队从锅里舀吃食，舀多少锅里有多少，舀多快锅里出多快，反正锅里始终还是那么多，一天一天，一月一月，从不减少。如此一年零三个月，楚军撑不住了，给养跟不上，军心涣散，不得不灰溜溜地回到楚国本土。他说，于是我就把铁锅扣在头上顶着回了家。

　　我们急着问，顺爷爷，那现在哪，铁锅在哪儿？

在俺家呀。他回答。

能看看吗?

那是宝贝呀,宝贝是不能随便让人看的。

可、可是,咱灾荒年挨饿的日子,咋不拿出来用,让咱都吃个饱饭呢?

我和丽姐儿就不相信顺爷真有神奇的铁锅。

丽姐儿说,走,不听了,逮知了龟去。

我说,走,逮知了龟去。就和丽姐儿站起来。可其他人谁也不动,甚至还缠着顺爷再讲一遍。

好,你们不去我俩去。我们来到村东,村东有一条小河,小河涯儿上满是一搂粗的大柳树,大柳树下的地里最好生知了龟。逮了一会儿,我们每人逮了一大捧,就把知了龟用破手帕包了,坐在河堤上往东边看。东边的湖上,渔火点点,和天上的星星一起,闪闪烁烁,别有一番滋味。

我说,顺爷说的一定是假的。

丽姐儿说,顺爷说的一定是假的。

过了一会儿,丽姐儿又说,要是真有那样的铁锅就好了。

我说,要是真有就好了。

丽姐儿说,要是咱遇上"现留城"该扛个啥回来呢?

我说,是呀,该扛啥呢?

夜已经很深了,更鸡鸣叫的越发起劲。我俩还被"该扛个啥"的问题搅得头疼。我们憧憬着,并且朦朦胧胧意识到,生活会一天天好起来的,我们从神奇的微山湖里得到的不仅仅是"铁锅"。

啊,微山湖,我深深爱着的湖!

心灵之约

清晨醒来第一个意念是：山。孩童时心中憧憬的山，远远的，蓝蓝的，和大地相连，和蓝天相接，隔着微山湖，那倒影在万顷碧波上平展，还有朵朵白云，托起片片白帆，在山的侧旁飘悠。

我想我今天一定会和山打交道。

果不其然，朋友发来短信，他们要去登山啦！

朋友离我很远，坐火车要走十几个小时，我无法和他们共攀青峰，然而我却和他们同去了，那是我的心，我的感觉，我眼前的显现。

我们的车在山脚下停住，我首先打开车门，举目四望。啊，秋天的淡蓝的天，有几只客鸟飞过，一只鹰悠悠地盘旋；步步成景的山上，成群的山雀在红叶间飞鸣，三五只山鸡舒开了翅膀。它不是凤凰吗？在这美好的天地里，使万物顿然一亮。山，就是这般奇妙，它在我们面前耸立，又在我们面前起舞，它使平时不起眼的鸟雀如此艳丽，它使慕它而来的人们愉悦无限，它身边的云雾彰显着精神，它诱人的高峰透视着灵魂。我们相牵而攀，拨开荆棘，涉过山泉，登上巨石，一条羊肠小道，载着我们直通云天。

我们欢笑着，我们解下围巾，向晴空中的太阳欢呼。

朋友有点儿累。我说，让我牵你。朋友递过来手。于是，我们相帮着向更高的峰登攀。

山风习习，天籁靡靡。我们在山顶吟诵：登高望远聚神山，心有灵犀信自然；振臂一呼天地应，文章热血两无前。

小憩。我默默立于山崖，去看滔滔云海，看绵绵松柏，看脚下峭壁，看起伏的山峦。看着看着，竟然想起有一回梦登泰山。五更寒，手儿牵，迈步登台阶，心中酿誓言。玉皇顶，奶奶殿，双双跪麈下，一念付青天。何处寻，生死愿，一朝分南北，何时才相见。

呵，这不，我们相见了！冥冥之中，上天自有安排，让我今天登了一次远山，让我在胜境里和朋友相聚，共享生之快乐。

幸福的表现形式各式各样。在我看来，追求的本身就是幸福。心灵的相契是一种超乎一切的缘分，更是无上的幸福。有的人一辈子不相见，想到他（她）就精神百倍，充满力量，这，难道不也是幸福吗？

哦，心灵之约！

等待而已

这儿是一棵树,一棵法桐树,它的枝叶是那么茂盛,虽然已是秋末,却仍然树影婆娑,阔大的叶片在风中摇曳,像春天一样高兴。

我立在那棵树下,久久地等待。我似乎不知道我在等待什么,但是,我绝对是在等待,表现出来的样子是等待,我心里也明白,我内心深处也真的在等待。

然而,我等待什么?等待谁?我却不知道,确实不知道。

后来,天色晚了,满街的华灯不期然亮了,我的身影窝屈着,我被罩在暗光里,就仿佛一个垃圾桶,有人向我扔过来一团纸屑,还吐了一口痰。我还在继续等待。

我等待,为了那个不清楚的原因而等待。

夜的眼窥视着,记录着天地间的所有,在它的范围内,世界已无秘密可言。可是,它知道我吗?它知道我在等待什么吗?

也许,它知道,它却不肯说出来,连对我也不透漏半个字,它守口如瓶,默默地让时间在它身边流过，只向着那些不谙天音的鸣笛和杂声皱紧眉头。

也许，它也不知道，它苦苦地猜测着，企图对我耳语，对我说出安慰的话，而它不知道我在等待什么，它无从开口，不知应该说什么。

寒冷看见我火热的心，它虽然不知道我在等待什么，可知道如何使我不致燃烧，不致莫名其妙地在烈火中永生，让我的等待永远无解，它极尽全力，用它冰一样的呼吸体贴我。

月亮走了，月亮的大眼卑夷地看我，它认为我不可救药，在我面前不愿有片刻的停留，它饱经风霜的脸依然白皙，却也漠然。

星星还算有耐心，一直在我的上头端详，它们是怕我寻短见吗？它们是要用特有的爱心挽回我的生命，因为它们知道，我的才能还没有得到发挥，我命中注定要大器晚成。

太阳真是我的知音，它虽然也不知我在等待什么，但知道我等待的一定很重要，我等待的是值得等待的，它一跃而起，来到我的身边，用它的信任温暖我的心。

我还在等待。那棵法桐树一如昨天，枝繁叶茂，庞大若盖。它的影子罩着我，罩着我的等待。

我终于没弄清楚我在等待什么，我只不过在等待，只不过等待而已。

我或许会久久地等待下去，直到化为乌有。

陋屋小记

新世纪的第五个年头之初,我搬进了新居。新居靠近黄河故道,外边风光甚是宜人。虽然冬尚未尽,点点残雪还撒于阴冷凹陷处,但整个景象俨然有了春天的气息。河边的杨树现了青黛,草坪间的曲径两旁,迎春花儿跃跃欲试一展芳容,就连故道水面上,也显出了淡绿,水鸟儿比往天多了许多。这些景色使我着实很高兴,很欣慰。只是新居的空间太小了,建筑面积三十来平方米,说是一室一厅,其实那"厅"算不得厅,"过道"而已。幸好"麻雀虽小五脏俱全",厨房、卫生间都有,这对于年过半百之人来说,对于一个寓居他处多年的我来说,已经很不错了,好歹居有定所、心有所安了。因为,这毕竟是属于我的家,"自家"所在!

搬家那天,我很认真地在室内燃放一挂千头鞭炮,以示庆贺,亦图吉利。说实在话,许多年来,我一直没有固定的家。1998年元旦前几天突发的那场病变,使我花掉了所有积蓄,还欠了大笔债务,如日中天的我于是急转直下。有人以为我的工作不错,肯定有钱,殊不知我立志清廉,甘于清贫,从不搞"吃拿卡要",工作之外不会买卖经营,仅靠工资吃饭,哪有多少余项?一丁点儿天灾人祸,就支撑不住了,不得已我和老婆便"打"起了"游击",辗转搬迁了好多次,一晃竟是近八年。我本来是好舞文弄墨的,伴着日月,爬爬格子。这八年,加上工作职位转换本人忠于职守无暇顾及爱好的十几年,差不多二十多年就很少写过算做文章的东西了。不过,因为生性爱书,我的藏书还是不少的。搬家公司的伙计们借机"勒索"了我几乎多出一倍的费用。东西搬来了,书籍也搬来了。如何摆布倒成了问题,尤其是那些藏书。一室一厅的住处,肯定无法劈出书房的,虽然有阳台,但那阳台我另有安排,是准备铺一张床接老母亲来住的,万万不可做书房用。那么,怎么办呢?我平生最盼望的,就是有一个可供读书、写作的书房,况且现在已闲赋在家,正想"老有所为",奋斗它一阵子呢!凡事从实际出发,"量体裁衣"、"量物置物",我定做了两个高一米八的书柜,共是两米六长。我把两米六长的书柜靠放在卧室西墙,似乎影了一点儿门,却无伤大雅。而床在东侧,"条山"而铺;书桌则放南面的窗子下,从阳台过来的光线正好投在它上边,明亮得很。书桌东头,床的南头,是一台"二手"电脑,电脑桌也是从旧货市场买来的。——除了灶具和吃饭的家什以及几床被褥,还有几件衣服,这就是我们全部的家当了。

地方是小了点儿,摆设也极其简陋,然而我很自足,也充满着希望。因为好日子既然已经开始,往后肯定会逐渐更好的。我也不需要太大的住处,只是没有专门的书房罢了。卧室兼书房,倒是有许多方便处:放下笔,或者合上书本,关灯睡觉更便捷。刘禹锡有传世之作曰《陋室铭》,最后四个字是引用孔子的话,叫"何陋之有?"语出《论语·子罕》:"子欲居九夷,或曰:陋,如之何?子曰:君子居之,何陋之有?"房屋不在大小,在乎居住之人是否德者、仁者、义者、智者也。"山不在高,有仙则名;水不在深,有龙则灵。斯是陋室,唯吾德馨。"梦德之语,移来我用如何?当然,我的文和德无法与之相比,没有可比性。但是,"法乎其上,得乎其中",也未可知。无论怎样说,敢于向古贤学习的精神,自以为还是不错的。

摆布停当,我坐在木椅上,饶有兴趣地打量着这个小小的空间,一种创作欲突然升腾起来。是的,我应该好好写点儿什么了,把我许多年来的所见、所闻、所思都写出来，为自己，也为他人，为所有的人。

于是，我写下了上面的话。写毕，我想起杜甫的《茅屋为秋风所破歌》，想起"安得广厦千万间，大庇天下寒士俱欢颜"的名句。同时，眼里涌出了酸甜苦辣咸的热泪。

怀念谷子

老婆从外边回来,带来大包小包的东西,其中有亲戚送的小米,黄灿灿的,像刚从矿石里提炼出来的金粒子,有肉眼可见的光芒,煞是喜人。我喜欢小米,喜欢小米和其他杂粮一起煮出来的稀饭。我家几乎每天早上都是这种稀饭,绿豆、小豆、黑豆、扁豆、油豆、麦仁、粳米、花生米,有时还有红枣之类,小米比较缺一些,加的也少,但那特殊的香味儿仍然十分地诱人。

小米的"前身"是谷子,谷子的果实去了壳就是小米。谷子,有地方解释为单子叶禾本科粮食作物,属于耐旱稳产作物,在河北、山西、内蒙等地有较广泛的种植,茎秆常见的有白色和红色,谷穗一般成熟后呈黄色。小米,其实就是谷穗的子粒去皮后的俗称。

然而,谷子的产地不止以上所列,我们苏鲁豫皖一带过去(大约1970年之前)种植也很普遍,只是后来渐渐绝迹了。绝迹的原因当是谷子低产,上世纪60年代下半期开始推行"旱改水",都种水稻了,后来又种上了杂交水稻,产量很高,是谷子的多少倍,小米换成了大米,高产替代了低产,是人为地淘汰。但是我喜欢喝小米粥的习惯一直未变,也许从前"小米加步枪打败蒋匪军"的说法在脑子里印象太深了,从心理上造成对小米的"迷信",这辈子注定吃不够小米(其实只是喝不够小米粥)。

喝不够小米粥就要千方百计弄到小米,有时从市场买,有时亲戚送,总之,要有小米,"手里有小米,心里不发慌",食欲也增加。

"老鼠爱大米",我却爱小米,这叫各有所好吧？由于这个喜爱,自然就常常想起它的"母体"——谷子,常常想寻找种谷子的地方,看看它的生长和成熟时期的情形,呼吸呼吸原野里的谷香。可是遗憾得很,许多年了竟没有寻觅到它们的踪影。我之所以热望见到谷地,还有一个不为人知的原因。(或者说,我之所以喜欢喝小米粥,也与这个原因不无关系,我是企图窥探什么吗？)这是一段绝对真实的记录,我按实叙述出来,目的是和网友共同探讨那个神秘的世界。我在此必须严正声明：一、本故事的真实性无可置疑；二、本故事是我的亲身经历,因而也是"专利",任何人不得抄袭或改编；三、我已以此生发,写成中篇小说,由地方小刊发表了；四、因此,请网友谅解,我下边的回忆只能简单化,不作详细描述,不加任何联想。

我家的宅子在我们村最南头,出了小院,前面就是一望无际的田野。家门口是社员们的自留地,南北约200多米,200多米以外是队里的大田。1969年,是我们那儿最后一年种谷子,谷地就在我家门前的大田里。1969年,狭义的"文革"已结束,工农业生产恢复正常,本来农业上就没受什么大的影响,加上风调雨顺,连续增产的希望就更大了。先是,父母亲为了不让我在学校和社会上"造反",硬给我介绍了对象,"劝"(实际是逼)我"愿意",以此栓住我,我心里极为痛苦。我常常到前面的田里和溪边遛达。谷地西边靠着小河,小河是从我们村西发源的,往南流入那条东西大排灌渠。初时的谷地一片青翠,由于心情不好,我并没有看出它的美来。但是,随着成熟期的到来,那自然美便彰显出来了,心情再不好的人也会被感染。或在清晨,或在黄昏,我走出家门,穿过种了大豆、芝麻、山芋等等作物的自留地,沿着大田和自留地的界沟,缓缓地迈着步。如果是早上,旭日东升,霞光洒在地上,由青变浅黄色的谷地泛着荧光。这时你就会觉得，造物主真的很伟大，造物主造出了那么美的世界，又造出了那么灵性的人，造美世界是为了让人欣赏，造人是为了欣赏美世界，美世界因人而美丽，人因美世界而灵通。爽爽晨风，使我清醒了许多，烦恼消退了不少，暂时地感到人活着还是有意思的。我往往是背着阳光朝小河那边走过去，站在河边看清清的溪水，看刚刚生成的谷穗。如果是傍晚，落日就要收尽它最后的余光，小河里的鱼儿摇头摆尾，几茎水草被它们戏弄着，溪水由青一点一点变黑，知了在河岸的树上聒耳地鸣叫，而大田里的谷子们仿佛又从一场洗劫中挺立起来，齐刷刷的穗子微微点着头，向天空，向大地，向村庄，向人们，也向我。我的心略略释然。啊，我脑子里的乡村晚景，我脑子里的给人希望的谷地，也许可以伴我做一个好梦了！晚上是我的黄金时间，我尽可以海阔天空，我让我的思绪连接宇宙里的每一颗星辰，当然我不能不憧憬明天，记得我一次次呼喊，冬天快到了，春天还会远吗？黑天已经来临，白天就要到来！我渴望继续求学，我渴望我有辉煌的明天。然而，学校何时开课（这年寒假后我便回校上了高中）？路又在何方？妙不可言的谷地啊，你能告诉我吗？我久久地望着，我希望美丽的谷地能给我一个完美的答案。那天晚上，附近村子有"扬琴"（本地的一种说唱形式）。吃罢晚饭，我一个人闷闷不乐地出了村子，到了几里以外的那个村庄。记得说的是《杨家将》，说了一段又一段，不觉已到半夜，天淅淅沥沥下起细雨来。以前我们村里有不少人来听的，那天却只有我自己。我举目四顾，无人和我做伴，心里就后悔，来时该喊几个人一路，这半夜三更、月黑头加阴天的，路上还要穿过一两人深的高粱地中的蚰蜒小路，路边有夭折人的坟头，有乱葬岗子，有十分可怕的吊死鬼，总之，其怕无比！没有办法，也只得走。我硬着头皮，一个人走过了最可怕的地方，终于来到了离庄不远的南地，也就是我们村南那块谷地的南头，到了直通我们村中心的那条南北路（其实是通往远地的一条半截路）。路东的高粱在雨前的阵风中哗啦啦作响，那阵势仍然够害怕的。而路西就是那块谷地了。不过，在进入谷地之前，靠路西边有一畦宽的玉米，透过玉米地就可以看清那边的谷地了。我右拐向北踏上南北路，抬头往西北方向一看，有一个高高个子、穿了一身白的"人"站在谷地里。这时，淅淅沥沥的细雨早已停了，天阴得墨黑，越是墨黑那白白的"人"越是清晰，以至于就像在眼前。我有些害怕，但又想，也许有人穿了白衣服夜里出来偷玉

阳台上的花

米的吧？这样一想，胆子便大了起来。我趟过玉米地，到了谷地边，俯在谷穗头往那"人"看。不错，是"人"，他肯定是来偷玉米的！妈的，我得抓住他！（实在，我更想看看他是不是人）于是，我一步一步向他靠近。我还是很胆怯的，每走几步，都要俯在谷穗头看一阵子，那"人"有意跟我逗着玩似的，不远不近，老是那个距离，那个样子，白白的一个柱子，看不见脸。如是，我撵了他整整一节地，不少于200米吧，看时，仍像人。在我到了地北头，快到社员自留地边儿的时候，看他依然如故。我低了低头，眨巴了一下眼，再看时，哪里还有"人"？我面前是一个老坟头。我想，他是不是躲起来了？就围着坟头转了两三圈儿，也没找见什么。这时，我听见村头有人说话，原来是队长见要下雨了，起来招呼几个人收拾什么的。有了人声，我自然胆壮，但我不找了，我得赶快顺着人声回家去。回到家里，睡着了觉，还演义了一段"梦游人"的奇戏，直到第二天早上才察觉，在此略。

从此，我对谷地便有了解不开的"情结"。我常常想到谷地，想去谷地探索一番。那个"人"在一段时间内让我走了魂儿，一两年后，1972年初得了一场重病，直到1973年夏，几近"鬼门关"之际，才被莫名其妙的人，用莫名其妙的法，莫名其妙地无药而治了。

我时时怀念谷子，这个"怀念"除了一般意义上的怀念以外，还有探秘的成分。

我爱小米，我怀念谷子，我在揣度谷地对我的人生的意义。

徐州人喝茶

有人说徐州人好茶，有人说徐州人不好茶。"好茶"论者言之凿凿，"不好茶"论者也不无道理。其实在我看来，徐州人对于喝茶，是无所谓"好"，也无所谓"不好"的，徐州人喝茶自有其独特之处。

徐州人喝茶的历史是应该很长的，早在彭祖时期，徐州人就对茶有了认识，且把茶纳入了食疗范围。由于徐州人喝茶历史长、范围广，所以"喝茶"便成为了他们生活中的重要部分，这可以从人们的招呼语中得到印证。上世纪七八十年代以前，无论是在城里还是乡下，大家见了面，大约是这样招呼：

歇歇喝口茶吧？"

或者："渴了吧？喝碗茶再走？"

总之，招呼总是离不开"茶"字的。

在徐州城里，形容某人吝啬，小气，或言不可信，就说，某人是"东关招呼西关喝茶"的角儿,也要沾个"茶"字。

可见,茶是深入徐州人的心的,在大家的意识当中,似乎有个"茶"字与生俱来,这也许是近代徐州"老同昌"等老字号茶叶店经久不衰的个中原因吧!

记得小时候,徐州大街小巷摆满了茶摊儿,有的是有店铺门面的,茶炉子(一般是"七星灶")垒得有两三步长,炭火很旺,上边放着一溜儿大茶灶,旁边有几条长案子,茶客们总是满满腾腾的,有快喝的,有慢喝的。快喝的扯起碗边儿,脖子一仰,咕嘟嘟一气儿进肚;慢喝的先是端起茶碗放近鼻子尖儿,闻它几闻,然后慢腾腾呷一小口,放下碗,呆呆地看他的茶,看周围喝茶的人,看茶老板操作,如此,一碗茶要喝上一两个钟头。大多数是没有店铺门面的,当街摆一张案板,几壶开水,一玻璃杯泡好的浓茶,有人来喝茶了,就往杯子(或碗)里倒一些茶水,再倒一些白开水,不热不凉,来的人或坐或站,喝完走人。更有那些卖茶的,提一壶茶水,拎几只碗,遇见有人口渴了,要买茶,就地站住,咕嘟咕嘟倒满一碗,递过去,那边的人喝了,递过来一两个硬币,卖茶的和喝茶的就各奔东西而去。

这种情形,不仅城里有,乡镇集市上也大致相同。

你能说徐州人不好茶吗?

然而,徐州人喝茶是分三六九等的。

少部分人喝茶是要上茶楼的。徐州的茶楼自古就有,兵荒马乱的时期也不例外。计划经济时代、特别事"文革"期间,虽然有人把"喝茶"当做了资产阶级生活方式进行批判,但喝茶之风仍然明着暗着在刮。茶楼的格局一般不大,楼上楼下一百平方米左右,其摆设是因时代不同而有所不同的,却都是那个时代最为精致的。摆设不精致,不凸显茶文化,这茶楼便失去意义了。到茶楼喝茶的当然什么人物都有,有纯粹喝闲茶的,有沟通感情的,有洽商生意事务的,有谈天说地的,也有谈情说爱的,还有的就是想听一听茶楼小曲,看一看茶楼风光,如此而已。

至于大众群体,喝茶另是一番光景。徐州这地方集体意识当数粗旷、直率,民风朴实,性情剽悍,文人出了不少,武士更其多矣,雄才大略的政治家、满怀抱负的思想家,古往今来数起来挺累人。兵家必争之地就有兵家必争之地的特点,历史文化名城自有历史文化名城的底蕴。老百姓喝茶出于"功利主义"、"实用主义"的多，口渴了，泡上一杯（碗）茶，不等热气消散，便"叽溜儿叽溜儿"喝起来，或者冷茶兑上热开水，"咕噜咕噜"灌下去，然后再满上，再喝，解渴为止。这种喝茶法似乎是没有任何讲究的。

当然，老百姓喝茶也有文雅些的，那是闲起来没事儿干的时候，一杯或浓或淡的茶端在手里，靠着门框，或者坐在靠背椅上，"呸儿呸儿"地品，半天一口，半天一口，喝凉了再兑热的，一汁又一汁，一直把茶叶喝得发黏了，茶水没了颜色，才算完事。

记得我爷爷在世的时候，家里是有一把紫砂茶壶的，茶壶的面上都油渍渍的，壶盖上的提手儿烂了半个。爷爷整天把着它，喝茶不喝茶拿它当消遣，睡觉放床头，半夜醒来都要摸上两把，我就没见那把壶离开过他。他不抽烟不喝酒，独独好茶，他的口头禅是：闲茶闷酒无聊的烟。烟、酒、茶里，唯茶最品高。闲是一种状态，闲是一种品味，闲是一种心性。有时候我就猜想，他之所谓"闲茶"，怕只是两种含义在里边吧：一种是人是清闲的，一种是时间是空闲的。实际上，一般老百姓难以具备，只有那些生活上还算过得去的且又心态悠闲的老人才能够有的。爷爷去世后，那把紫砂壶不知弄到哪里去了，爷爷喝茶的遗风也就断了，因为我们要为生活奔波，那"闲茶"就喝不来了。尤其我辈，倍感身上的担子特重，家庭责任感、社会责任感让我怎么也"闲"不起来，于是对于"茶"便没有了"研究"。

近年来茶道兴盛，时而和朋友一起，也不能不"附庸风雅"，正儿八经进了几次喝茶的馆子，并且在上海、南京等大城市也喝过几次茶。我觉得，同样是喝茶，徐州人喝茶依然有自己的特色和风格，是和外地不一样的。不一样的东西很多，概括起来，主要的大体有"三个不讲究"，即：不讲究茶艺，不讲究茶食，不讲究茶礼。

古代文人在"六宝"之后加了一个"茶"，形成"七宝"，就是"琴棋书画诗酒茶"，可见茶之重要。茶道的名堂很多，从开始煮茶，到喝茶人手里，其间的茶艺可以说复杂得很，不精于此道者如我则难以说清。俗语云，会看的看门道，不会看的看热闹。比较起来，徐州人之于茶艺差不多一点儿都不讲究。比如在南京喝茶，茶楼上是专设有表演茶艺的地方的。柔和悠闲的音乐声中，茶道小姐飘然若仙，茶壶在她手里玩戏法儿似的，且口中念念有词，意思是，第一遍茶如何如何，第二遍茶如何如何，第三遍茶如何如何。品茗的杯子小到只有小酒盅那么大，离两米许把茶壶甩过来壶嘴朝着杯子，茶水在空中划着弧，如一道彩虹，就不偏不倚倒进杯子，恰好七分，不多不少。第一遍茶是不喝的，要倒在茶海里，第二遍才开始喝。而徐州就很少有这种仪式，你到吧台上点了茶，他们给你送来就行了。

徐州人喝茶对茶食也不怎么讲究。茶食虽然为"食"，却是喝茶必不可少的搭配。许多地方茶食花样很多，甚至连酥饼、肉包之类都有。而徐州的茶楼上，一般就瓜子、糖果、麻片、葡萄干等几种。不要小瞧了茶食，喝茶离了茶食，体味就嫌不足。茶叶的品种不同，所搭配的茶食往往不同，春夏秋冬季节对茶食的选择也会不尽相同，当然还有每个茶客的口味喜好。茶楼的服务人员一般都精通此道，他(她)会引导你点出最适合自己的茶食，让你在品茶的同时品尝店家的风味小吃和特色点心，茶与食合用，其享受可谓无穷也。有茶无食，茶味则寡，有食无茶，那就不叫喝茶。优质茶叶如龙井、铁观音等，再配上五香瓜子，或姜汁薄饼，或卤味肉干，或酸甜点心，那个喝茶该是别有一番滋味。徐州人恰恰不重视这一点，于是徐州人喝茶便失却了不少喝茶的乐趣。

茶有茶礼，送茶，接茶，倒茶，端茶，品茶，都有礼节上的讲究。别的不说，单说一个"喝相"，徐州人就不注意。喝相是一个人礼仪素质的表现，绅士风度的人和烤大饼的人喝相决不会一样，和尚道士和凡夫俗子又有殊异。我这样说并不是认为徐州人礼仪素质不高，不是的，作为徐州人，我知道徐州文化的厚度，也知道徐州人向来是讲礼仪的，可以说是礼仪之城。可是，徐州人讲礼仪已到了不把礼仪当礼仪的程度，徐州人把礼仪融进了有情有意的诚心之中了，在徐州人看来，只要心诚，礼仪的繁文缛节完全可以不顾及，如果仅有礼仪的繁文缛节而心猿意马，老死不相往来，或明争和暗斗，那么要这礼仪又有何用?徐州人重实不重表。老子有言，大智若愚，大巧若拙，大直若屈，大方无隅，大象无形。徐州人则"大礼无仪"。但是，徐州人大大咧咧喝茶的样子总让外地人觉得有失风雅。恰是这大大咧咧的喝相体现了徐州茶文化与别地的不同。

也许有人会因此说，徐州人喝茶是没有讲究的。不对，徐州人喝茶有大讲究，大气的徐州人讲大的原则，大的礼节，大的氛围，大的德性。徐州人喝茶特讲究"和谐"二字，道不同不相与谋，道不同不相往来，道不同不共进茶楼。在很多情况下，徐州人把喝茶作为热闹的场所,作为交融的所在。只要徐州人进了茶楼,不论两个人,三个人,抑或更多的人,那气氛必然热闹融洽。徐州人喝茶的地方,连空气都是热烈的、和谐的,绝没有杂音在里边。

前几日,有朋友开了一家茶楼,请我们去喝茶。没有轻歌曼舞,没有茶道表演,音响里放着流行歌曲,声音大到震耳欲聋,我们仿佛进入到酒席宴会,喜庆气氛自不待言。几杯小茶过后,有人觉着不过瘾,扯过茶壶,"咕嘟咕嘟"倒了几大杯,说:"来,哥儿们,以茶代酒,划几招哑拳,咋样?"

大家忘记了是在喝茶,竟把酒场的规则移到茶楼上来了。于是,茶楼之中,其乐也融融,气氛一下子达到了高潮。

这就是徐州人喝茶:爽快,豪迈,无视小节,不拘一格。

紫薇花，紫微微的花

紫薇花开了，开在徐州市的大街小巷里。我每天在她的海洋中穿行，吸着她吐出来的新鲜空气，吟着宋代诗人杨万里的诗句："似痴如醉丽还佳，露压风欺分外斜。谁道花无红百日，紫薇长放半年花。"明代薛蕙的："紫薇花最久，烂漫十旬期，夏日逾秋序，新花续放枝。"我不仅被紫薇花朴素的美丽所折服，而且幻想她更永久，希望她一年四季开在我们周围，陪伴我们年年月月天天的生活。

然而，我过去只知道她的娇艳，却不了解她的性格。徐州市形象大使评选活动决赛那天，有一个选手参赛的"作品"就是向人们展示徐州的市花——紫薇，于是我对深入理解她产生了浓厚兴趣，有一种看看"她是谁"的冲动。

紫薇又名满堂红、百日红、无皮树等，为徐州市市花，是一种被广泛种植的观花树种，千屈菜科植物，落叶灌木或小乔木，乔木高达 7 米，树冠不整齐，树皮光滑，淡褐色，嫩枝四棱；叶对生，椭圆形至柜圆形，长 3~7 厘米；圆锥花序顶生，花有红色、紫色，茎 3~5 厘米;花期长,从 6 月到 10 月;蒴果近球型,茎约 1.2 厘米,果熟期 10~11 月。人们俗称它"怕痒树","紫薇花开百日红,轻抚枝干全树动",是树木中一种奇特的树种。其变种有银薇、翠薇、赤薇。紫薇不但观赏性强,而且全身是宝,皮、木、花、叶皆可入药,有活血、通经、止痛、消肿、解毒等作用。

啊,紫薇花! 当我对你使用第三人称的时候,我是称你为"她"好呢还是称"他"好? 你究竟是女性的还是男性的? 因为,无论如何,我不忍心对你称"它",你使我再一次陷入不好选择的境地。

这也使我想起了徐州人的性格,徐州人性格中的"两性混合":北方人的彪悍,南方人的精细;男人有女人的纤弱,女人有男人的坚强。

紫薇花,紫微微的花,你不愧是徐州的市花,徐州也不愧以你为市花。

但愿人长久,天天共紫薇!

街头儿童表演队

"街头儿童表演队",这是我给起的名字,他们其实什么名号也没有,就是七八个小孩子,一个敲锣的,一个击鼓的,两三个表演的,还有两三个大约是"替补队员",站在一边看闲似的。

这是前不久,在我住处不远的西苑菜市场附近的街头,上午我骑车子路过,看见的。本来我已走过去了,听见锣鼓(那声音杂乱的不成系统),回脸看时,从人缝里见有猴儿样的小人儿骑着独轮车在人圈子里转悠,起了好奇心,打把回头,插了车子看。

表演并不成熟,毫无精到之处,不值得书写。引我注意的,是他们竟是不过十岁左右的孩子,小的只有六七岁,穿的很肮脏,手脸也是黑的,一个个抹了一层灰似的,而且瘦弱得很,明显缺少营养。

我心里暗淡了,他们都是上小学的年龄,可是他们也分明都不是学生,也许他们根本一天学没上过,自生下来就为衣食奔波。我知道他们都是农村孩子,或者是大山里的孩子，他们那里还很穷，他们上不起学，也不能上学，他们首要的是活命。

我心里很酸，用右手护着两眼，防止被别人看见流泪难堪。

我看见有人给他们扔钢币，就下意识地把手伸进口袋，掏出一张10元钞票，递给一个孩子。

旁边有人制止我，小声说："你给他再多也落不住，他们有老板的。"

是的，也许那个制止我的人是对的，这几个小孩子确实是某"花子头儿"的"摇钱树"，可是，我见不得他们的苦样儿，我不忍心把他们想成那样，我施舍了，我心里好过些。

我又想，这也是社会问题，无论他们是什么情况，他们的现状都是要有人干预的。为什么他们会是这样呢？

我问接钱的小孩，家住什么地方，上学了没有，为什么流浪街头做表演？他一句话都不说，眼睛直直的，木木的，一会儿好像有眼泪出来了，他跑到那一边去了。

我不愿再看下去，骑了车子走了。

两个初为人母的少妇

大爱薄天,感人肺腑。

这次到山东去,在车上听到一个故事,这故事让我的心情久久不能平静。

我是下午两点踏上北去的列车的。因为路程不远,没买卧铺,而是坐的普通车厢。车上的人仍和以前一样地多,好在我有票号,对号入座,勉强可以减轻旅途之苦。

放下旅行包,看了一眼周边环境,觉得还安全,没有形色可疑的盗贼之类的人,就闭上眼睛假寐。

我的对面是两个少妇,每人怀里抱着一个一岁左右的幼儿,孩子倒挺乖,含着奶头一声不响。两位少妇大概是同道的熟人,或者只是萍水相逢,但境况相似,说话投机,那话就咿哩哇啦,没完没了。这女人哪,真是,嘴永远不会闲着,见了面只要觉得有话说,陈年古董,连不该示人的话都会脱口而出。她们谈家庭,谈丈夫,谈孩子,谈得眉飞色舞。

一个说，我老公整天开个车乱跑，可忙了，反正不少我钱花就行了，别的我不问。

一个说，我老公就是赶不跑的猪，我说你不能再干大一点儿，他不听，说够吃够花就行了，胸无大志，知足常乐。

一个说，你小孩乖得很。

一个说，小时候可难缠了，不抱不睡觉，整整抱了七个月。

一个说，小时候难缠，大了就好了。俺这孩子，小时可乖了，如今难缠得不得了。

一个说，这不才乖吗？

一个说，这是睡着了，就算睡着了，也含着奶头不松，离开就醒，就闹。

一个说，我对孩子就是接受他的一切，孩子再小，也有意识的，不管怎样，都得接受。

我觉得说这话的女人很有哲理味，像是研究心理学的。睁开眼，看了下。那是一张圆脸，肤色不白，但很健康，两只眼睛大而圆，一张嘴说话眼就眯成一条缝，一看就知道是一位善良温柔的女子。和她连边儿坐的是瓜子脸，属于漂亮的靓女，仿佛丹凤眼，平时细而长，只在说话时才睁得老大，那神气很能压人一等，使人折服。

瓜子脸说，你真行，我先前没耐性，两个人的世界正幸福着，又来了个他，连饭碗里都有屎尿味儿，真是的，真烦人！

圆脸说，生活不就是孩子吗？俗话说，孩子是父母生命的延续，就得一切为了孩子呀。

瓜子脸说，就是啊，后来我就有耐心了，对老对少都有耐心了。我给你说一个故事，不，那不是故事，是真事，就发生在俺跟前。

俺庄东边有个村子，有一对夫妇三十多才开怀，生了个儿子，两口子喜得不能行，视如掌上明珠。小孩一两岁时没啥异常，但到了两岁多，浑身开始长毛，后来连脸上也长了毛，只有鼻子、嘴、眼睛没有毛。除了长毛，小孩的智力一点不差。这就成了问题了：随着年龄的增长，小孩越来越自卑，不愿出门见人。等长到十七八岁，看人家和他年龄相仿的男孩升学的升学，外出的外出，也有结婚生子的，他更无地自容了，几次寻死，都没死成。后来不寻死了，因为父母还在，他觉得不能叫父母太焦心，那就是大逆不道了。于是他全身心在地里，把地里的活全一个人包了，不让父母干一点儿。他干活也尽量避开人多的时候，一个人在责任田里鼓弄，不和人来往。就这样，性格孤僻的什么似的。再后来，他父母都死了，他就想死。这一回，他不喝药不上吊，绝食，把自己关屋里，被人发现时已是奄奄一息。有一个老板知道了，把他弄到城里，管吃管住，叫他拾弄个零活。他觉得人家是可怜他，心里就受不了，有一天偷偷跑了。他跑出老板家，跑出城里，在漫山野湖里躲躲藏藏。他病了，发烧不退，不省人事。

就在他不省人事的时候，有个女孩路过他跟前。女孩先吓了一跳，后来仔细一看，知道是人，就不怕了。女孩有文化，知道他是毛孩，毛孩就是一种返祖现象，是和我们正常人一样的，只要他脑子没有问题。女孩喊他，把他喊醒，又见他正病着，就回家拿了药，用水喂他吃了。退了烧，他就哭，很悲哀。女孩同情他，给他弄了饭，让他吃了，又给他安排住处，用心照顾他。女孩先前是出于可怜，后来竟产生了感情。毛孩不憨不傻，除了有毛，长得也标致，不说话便罢，一说话也是有条有理，头头是道。不知咋的，女的就生情了。也是这女孩心好，觉着要是这么着，毛孩一家人就完了，从此绝户了。她提出和他结婚。毛孩还不相信呢！再说，毛孩也不想误了女孩的青春，就不答应。女孩的家人也不同意。女孩却铁了心了，要做"七仙女下凡"。

其实，女孩已有了朋友，相处得不错，只是没提婚姻的事。男的知道后，就找女孩，向女孩求婚。你猜女孩咋说？她说，你晚了，我心已许给毛孩了，我和你就来世再做夫妻吧！男的说你咋能爱上一个毛孩，你是可怜他，那不是爱情。女孩说，我就可怜他，毛孩咋？毛孩思想高尚着哪，还是个孝子，能自食其力，我就相中了，谁也拦不住。那男的说，你早晚会后悔的。女孩生性要强，认准了黄牛也拉不回头。就这样，他们结了婚。

一年后，他们有了小孩，是一对双胞胎，两个男孩。老天有眼，两个男孩都健康，只是一个脸上有一点毛，另一个和其他孩子完全一个样，她出门都带着，可疼爱了。

这人哪，过的就是一辈一辈的人，要不是那个好心的女的，毛孩哪还会有后人？那个女的好伟大啊！

故事引起一阵沉默一阵赞美。

"瓜子脸"见周围的人都认真听她，又赞扬了几句，停住了。半车厢没有说话的。我扫了一圈儿,能看见的人都点头的点头咂嘴的咂嘴思索的思索。其后不久,忽然如开了闸门,"哗——"起了掌声,掌声过后就是一片夸赞,大家都为这个故事的女主角叫好。如此,一路就没有了别的话题。

可这故事深深感动了我,人间正因为有情有爱,才会如此美好。

两只小黄鸟儿

朋友和他夫人要去旅游,说来去要一两个月,临行,把他的两只小黄鸟儿托付给我,请我替他喂着。

我这个人平时除了工作就是工作,有了时间也只看看书,对于玩,正好用得上四个字一个成语:一窍不通! 不要说调理,就是喂一喂,也不知如何下手。朋友既然托付了,我只能答应。

朋友给我做了现场示范,我算"会"喂了。

两只小黄鸟儿初来时也许觉得地方生疏,人也不熟,那样子有些恐慌,又害怕又慌张,在笼子里扑扑啦啦地飞了老半天,时而发出短促的惊叫声。那是晚上,我和朋友说了一阵子话,他走了,我就做我的事情,把鸟笼子挂在阳台的晾衣绳上,不问它了。

第二天黎明,鸟儿叫了,不,是唱了,很悦耳。我起了床,来到阳台,想观察它们如何叫。你说气人不气人,它们见我来了,立时停住,不叫了,又扑扑啦啦地飞,两眼紧张地看我。我对它们也没好气,但是还得尽责啊,三下两下,添了食,加了水,甩手退出。

此后很长时间，它们就没有了歌喉，一句也不唱，只"喳喳"叫几声，单调乏味，我当然不入耳，喂喂它们也只是"例行公事"，受人之托嘛。

有一天，我再去喂它们时，发现笼子里只还有一只鸟，另一只不见了。我找遍整个居室，就是没找到。我把老婆喊来，问她那只鸟哪去了，她说不知道。不知道？这就奇了怪了，家里的门是关着的，窗户都有窗纱，它能飞丢了？要是飞丢了，哎呀，我怎么向朋友交代呢？我真气急了，一时暴跳如雷且烦躁不安。老婆挺委屈，一直祷告，希望能出现奇迹。你还别说，那只鸟儿竟真的出现了，正在笼子周围转哩。原来，我刚才找它时，它不知藏在什么地方了，等我一走，它飞了出来。两只鸟儿在一起长了，很有感情的，这另一只虽然撞坏了笼子，跑了出来，见那一只还在笼子里出不来，便不忍心逃走，围着笼子转，企图把它的伴侣也叫出来，一起飞向那蔚蓝的天空。它的阴谋没有得逞，老婆一把抓住了它，重新放进笼子。

几天前的星期日，我坐在电脑桌前写文章，忽然听见两只小黄鸟儿比赛似地大唱，悠扬顿挫，悦耳动听。其时秋阳悬空，温和的光线洒在鸟笼上，鸟儿们高兴极了，就放开了歌喉。我停下打字，走进阳台，鸟儿们依然欣喜地欢歌，全不怕我了，岂止是不怕，还瞅着我，你一段我一段的"对歌"，那样子，似在向我显示着什么。

我说，这俩黄鸟儿今天怎么啦？

老婆在一边说，它主人快来了，它们是欢迎它主人，又对你表示感谢呢！

我想，还真是呢，我朋友真的打电话来了，大概明天就要回来。小黄鸟儿也有灵性？

于是，我对小黄鸟儿突然产生了好感，竟喜欢起它们来了。

次日，朋友果然登门，说了几句感谢话，提走了鸟笼子。

一个星期过去了，我心里自空了一样，不上不下，七上八下，缺了什么，多了什么，总之不是味儿。我明白，鸟儿已在我心里打了烙印，它走了，我的心也空了；而我的心空了，就多了几分牵挂，凭空添了些许心思；我对它害了"单相思"了！

啊，小黄鸟儿，你是不是也留恋在我家的日日夜夜？是不是也和我一样常常思念？你如今生活得还好吗？

阳台上的花

一位老人与两只花喜鹊

一个多月前的一天清晨,我上班路过威尼斯水上花园,那天是骑了自行车的,正在走着,就忽然看见有喜鹊朝一位老人俯冲下来,翅膀抚着了老人的肩头,然后就一跃而起。接着,又有一只喜鹊重复着刚才那只的动作。是的,是两只,轮番着和老人游戏。它们那种欢快的神情,那种无所顾忌的谐和,使见着这一情景的人无不咋舌。

我煞了车闸,翻身下来,驻足而望。

威尼斯水上花园是刚开始兴建的花园式小区,原址是徐工集团的一个工厂场地,工厂外迁,地方就给了开发商,开发高级住宅。那时花园才完工,别致的高台水上乐园很是吸引了一些人,许多人就把这里当做了休闲娱乐的新景观。我经过时已是八点多钟,晨练的人渐渐散去,只偶尔有三五老人优哉游哉,慢慢地踱着步,或者收了最后的拳式,准备打道回府。那个被喜鹊"骚扰"的老人有七十岁上下,一身红运动服,在早上秋明风清、和日微淡的背景里,煞是扎眼。老人笑嘻嘻的,自然站立于一棵法桐树下,然而不动,平视马路上的人来车往,全然不理那两只花喜鹊似的。两只花喜鹊可不管老人理还是不理，尽兴地舞动翅膀，表演着它们认为最完美的节目，偶尔还发出一两声快乐的呼叫。我看呆了。不少行人也停下看呆了。

它们亲昵的嬉戏持续了十几分钟，然后，一声鸟哨，如两只小风筝，飘忽忽悠然而去。这时老人才扭脸向着它们飞走的方向，喊了一嗓子：呀呀——

我看着两只花喜鹊在空中划着弧线，又在某一个地方隐去了，心里有许多感慨。

我走向红衣老人，热情地向他问好。三言两语，算是熟悉了，就问：那喜鹊是您养的？

老人爽朗地笑了，说：算是吧。

我想，老人还挺幽默的，什么叫"算是吧？"

就听老人又说："春天时候，有一天我到黄河边晨练，那时候黄河公园还没修好，到处是残砖破瓦，还有几处扒过的房子的废墟，到那儿锻炼的人不多。在一块大石头旁边，我看见一只幼小的麻嘎子（方言，喜鹊），趴在那里一动不动，我以为是死的呢，到跟前仔细一看，活着哩，两眼巴眨巴眨的，明明是信任和求生的意思。我就可怜它，把它拾起来，拿回家里喂，给它治伤，它是腿上的伤，好像是被什么咬的。你知道，咱这里的说法，喂什么鸟的都有，就是没有喂夜猫子（猫头鹰）、老鸹（乌鸦）、麻嘎子的，不吉利。夜猫子一叫就死人，老鸹生就报丧事，麻嘎子一叫事来到，没有大事也吵架。可我看它可怜呀！好在它伤得不重，过几天就好了，我就放了它。它飞走以后，又回来了，眼里还有泪光哪，在我身子周围转了老半天。我说，你飞走吧，要是想我就来看看，大自然里才是你的去处。它就恋恋不舍地飞了。以后隔三差五地就来，转几圈儿就走。再后来，它还带了一个来，就有了两只。它们可真是，老朋友似的，来看我。不过，自从来了两只以后，它们来，我不能多看它，多看它几眼它们就立时飞走，害羞的样子。它们也知道害羞吗？这两只肯定是一公一母，谈恋爱的，所以怕人看它们，怕羞。你说它们怕羞吗，又不像，这大街上这么多人，它们咋就不怕呢？我要瞅它它就怕，你说怪不怪？它怕羞还常来，我走到哪儿它都能找着我，有一回我到闺女家去，在大东关的，它们都找到了。它们可真喜欢人哪！"

听了老人的故事，我就想，鸟和人也像人和人，有恩有报，有情有义，和谐相处，其乐无穷啊。如果人类如此，大自然如此，整个世界都如此，那将是怎样美好的图画啊？

又见迎春花

粉嘟嘟的,如一颗金豆子,在眼前一亮。呵,原来乱藤之上有一朵小黄花,一朵,只有一朵,未开,拳拳的,散放着玻璃一样的光。是腊梅吗? 正是腊梅绽放的季节,"俏也不争春,只把春来报"。是啊,牛年的钟声就要敲响,春该来了,腊梅笑傲正当其时。走过去,想捧读她。然而,腊梅树呢? 不见腊梅树,唯见一片青藤。那青藤真叫青,水汪汪的,不敢碰,一碰就怕滴出水来。再细看,哪里是腊梅,分明是迎春花,黄灿灿的花蕾站在枝头。迎春花? 迎春花开了? 迎春花是早春的花,那是春阳乍暖之时,她在料峭的寒风中绽出一串串金黄色的小花,如璀璨的金星缀满枝头,给冷漠的早春带来一派盎然的春意。而现在,虽是除夕,离立春却还有差不多十天,尚不是她摆动迷人衣裙的时节。

莫不是她要提前报春? 肯定是的了。这是古老的城市的一角,母亲河从城中飘然而过。河岸的风光带早已是春意盎然,也许因为无数的人们常常光顾的缘故,热烈的人气使植物受了感染,这儿的树绿了,各种花木都抽了新枝,连坪上的草也乌青青的,单等东风幸临,然后就"疯狂一把",把世界变个样儿。

我看着面目一新的黄河,这条孕育了中华民族的大河啊,百多年前经常泛滥成灾,给徐州人民带来无穷灾难,也让徐州这块地方名扬天下。一朵小黄花在她的岸边开了,开得似乎孤独。但是,她必定有她的意义。她首先开了,接踵而来的,不是万紫千红吗?

我忽然想起一个传说,一个关于迎春花的传说.

据说,很早很早以前,地上一片洪水,庄稼淹了,房子塌了,老百姓只好聚在山顶上。天地间整天混混沌沌,连春秋四季也分不清。

那时候的帝王叫舜,舜叫大臣鲧带领人们治水,治了几年,水越来越大。鲧死了,他的儿子禹又挑起了治水的重担。

禹带领人们查找水路的时候,在涂山遇到了一位姑娘,这姑娘给他们烧水做饭,帮他们指点水源。大禹感激这个姑娘,这姑娘也很喜欢禹,两人就成亲了。禹因为忙着治水,他们相聚了几天就分手了。临走时,姑娘把禹送了一程又一程。当来到一座山岭上时,禹就对她说:"送到什么时候也得分别啊!我治不好水是不会回头的。"姑娘两眼噙泪看着禹说:"你走吧,我就站在这里,要一直看到你治平洪水,回到我的身边。"大禹临别,把束腰的荆藤解下来,递给姑娘。姑娘摸着那条荆藤腰带,说:"去吧,我就站在这里等,一直等到荆藤开花,洪水停流,人们安居乐业时,我们再团聚。

大禹离别姑娘就带领人踏遍九州,开挖河道。几年以后,江河疏通,洪水归海,庄稼出土,杨柳发芽了,人民终于安居了。大禹高高兴兴连夜赶回来找心爱的姑娘。他远远看见姑娘手中举着那束荆藤,正立在那高山上等他,可是,当他到眼前一看,原来那姑娘早已变成石像了。

原来,自大禹走后,姑娘就每天立在这座山岭上张望。不管刮风下雨,天寒地冻,从来没走开。后来,草锥子穿透她的双脚,草籽儿在她身上发了芽,生了根,她还是手举荆藤张望。天长日久,姑娘就变成了一尊石像,她的手和荆藤长在一起了,她的血浸着荆藤。不知过了多久,荆藤竟然变青、变嫩,发出了新的枝条。禹上前呼唤着心爱的

阳台上的花

姑娘，泪水落在大石像上，霎时间那荆藤竟开出了一朵朵金黄的小花。

荆藤开花了，洪水消除了。大禹为了纪念姑娘的心意，就给这荆藤花起了个名字叫"迎春花"。

清风养眼

黄河边看破冰捞鱼

吃了饺子,心想这牛年第一天怎么度过。过节了,到处是鞭炮声,煞是热闹。前年市区爆竹解禁以来,这两年过年有了年味,亲情也浓了,中华民族更是气壮山河了。我心里却有些许惆怅,假日本想出去转转,由于一些原因未能如愿,就凭空多了一丝忧郁:这人哪,还不可清闲,就必须有事做,才可填满无限小又无限大的脑袋。昨天看了春晚,觉得比前两年有进步,主要是现代声光电运用的不错,气势也大了些,好像受了奥运开幕式的影响。至于演技,也就那么回事吧,艺术享受不怎么强烈。于是就有稀松平常的感觉,过年也稀松平常啦。

上了一会儿电脑,看了几篇文章,亦是提不起兴致,就想是不是怀乡了?突然的,眼前有了乡间小路,这小路该是几十年前了吧,如今的乡下早已是宽而直的道路了,原生态不复存在。嗨,我精美的大自然啊!我最喜欢的是村边的小河,常常梦见的也是它。我们村子靠一条古道,记忆中它在村西,由北而南,据说是北京到南京的官道,现在只能在老年人的嘴里知道它了。不过，它旁边的小河还在，虽然成了废河，虽然被种种建设弄得残缺不全，但那小河的影子还在，它留给人的念想还在。记得河岸上是排排的柳树，还有紫树槐条子，一丛丛的灌木，当然少不了荆棘。过去挨饿的日子，我曾钻进去撸过蓖麻。蓖麻是很好的油料，做饭了，母亲就砸几颗，放锅里，用铲子压挤，锅底就滋滋啦啦响，把在野地里挖得乱七八糟的菜啦草啦往锅里一放，煮熟了吃还挺香的。河里还常有小鱼儿，有白花花的小白条儿，有乌黑的火头棒子（小黑鱼），还有不怎么活跃的泥鳅。河里的水一般都是很浅的，也很清，鱼在里边就像画。离它们远一些的时候，没看见它，只见水草一动，准是鱼，是鱼晃动的水草。草在水里动的样子也很美，尖的叶子、阔的叶子动了，水里就有它的影子，泼墨一般一片，小鱼儿搅起的细细的涟漪不紧不慢地扩散。如果是春天，到处是绿草红花，河里也是，那时候满眼都是玉液锦带，水里的树影婆娑，给小河增添了神秘的色彩，那就不仅是美了，而且美得有几分神仙境界了，心神都要为之一醉。

有朋友这时发了短信来，打开读出声：刚听说小鼠偷走了您的烦恼忧愁，就看见老牛吭哧吭哧地为您拉来了满车的幸福快乐健康平安美满如意！恭祝您阖家幸福安康，牛年有牛气，大吉大利大发大顺！

实在说，这是短信拜年中较迟的一个，但却最是时候的一个。我的精神顿时豁朗，薄云散净，尽显晴空。好咧，我就出去走走，回味回味刚才的回忆，迎接迎接东方的紫气，使新的一年有一个新的开始。

下得楼来，出了小区，漫无目的的走向"废"黄河。"废"黄河，我们称之为黄河故道或者故黄河、古黄河。本来400米至10千米不等的河面，到了市区，由于不断地挤占和利用，只剩百多米了。百多米的河面结了冰，光亮亮的，镜子一般。除了沿河风光带走动的人以外，这儿那儿，还有三三两两站着观看的人。他们在看什么？是看滑冰吗？举目河里，没有啊，况且河里的冰是不够厚的，人无法在上边立足。我就走下河堤，在靠水的围栏边过去。

哈，是捞鱼！有人在靠围栏的水边蹲着，手里拿着小铁锤，"刨刨"地敲冰。冰渣儿就四散飞迸。冰凌被他砸出了个窟窿，便伸下手去，在水里一摸，摸出一条鱼来。鱼不大，有虎口那么长，身子微微动着，是冻僵了的那种情形，小嘴缓缓地一张一合。有人说，是死的吧？捞鱼人说，哪里，活的，你看，喘气哩。果然是喘气。他扔进塑料桶里，小半桶的鱼儿就一起动弹动弹。看，都是活的。捞鱼人不知出于什么心态，极力证明自己捞的是活鱼。

这大过年的，真是年年有鱼(余)了啊！就有人打哈哈。捞鱼人是位五十多岁的汉子，脸上的皱纹这时也笑开了，哈了一口热气，白茫茫地就飘向河中间去。他又往前移几步，然后蹲下。这时我才注意到，水边的冰下，有一条小鲫鱼静静的贴着，它大概是冻坏了，动也不能动的。捞鱼人喜滋滋的，扬起小锤，一下，两下，三下，只十多下，一个冰窟窿就出现了。那手下了水，小鱼又成了他桶中之物。

靠岸的冰稍厚些，但我也担心承重不起他那一百多斤。待他又要挪一个地方的时候，我不无善意地提醒，小心啊，冰承不住的。他看我一眼，说，掉下去也没啥，这是水平台阶上的，浅得很，你看。说着，他故意下到一处的水里。果不其然，水很浅，他是穿了深靴的，水只到半截。我有点儿尴尬，笑笑。

其实，我的心里是不喜欢他捞鱼的。那鱼就那么小不点儿的，长早哩，捞了怪可惜。小鱼儿在冰下是被冻坏了，但太阳的光线已然照射过来了，最冷的寒夜早已过去，它该马上就恢复过来的。再说，春已临近，就到它们欢快的日子啦，那也是它们疯长的日子，整个一个盛大的节日，最痛快的季节。它有了暂时的困难，在它坚持的时日，捞鱼人完全打碎了它的梦，岂不是太残酷吗？它也是生命，而且是成长着的生命，不该夭折啊！

我知道这种鱼不是保护动物。然而不是保护动物就不要保护吗？

我心里又有了忧郁，比刚才的更明显，忧郁的内容也渐渐表面化了。

我想起家里曾经喂过的金鱼，我是把它当做家庭的一员的。忘记是谁送给我一个鱼缸，我就找个合适的地方放了，配备了供氧机，到花鸟市场买了几条小金鱼，每天侍候它们。后来搬家，把它们送了邻居，后来几次去看它们，直到有一天它们老了，我是和过去的邻居一起把它们埋葬在郊区的墓地里的……

捞鱼人捞出的小鲫鱼和我以前喂的金鱼差不多大小。

我不忍心看下去,就悄悄离开了。

朋友的短信全是欢乐祥瑞的祝词,可我却徒生忧虑,再听听空气里的炮竹,看看到处的节日气象,实在很不协调。我就心里埋怨自己,何苦来哉,你怎么就不和谐呢,真是的!

唉,也许生性如此,没有办法的事情。

初月

　　她飘飘摇摇地悬在空中,腿和头都翘得老高,那么苗条的身子,竟然通身放着白灿灿的光。我突然就想,她就是嫦娥吗?那么,她赖以存在的月宫呢?难道她也学习翟志刚太空行走吗?瞧她那样子,未免过于娇柔了点儿,浪漫了点儿。她的头似乎抬了抬,身子也像气球般弹了弹。一片浮云就被搅动了,给她照明的那颗星星钻进盖头里。而她,却越发晶莹了。

　　其实,当她的影子落在故黄河的浅水里,她分明是一只燃着烛光的小船,一个祈福的载体。一只夜行的水鸟翩翩而至,绕着她盘旋了一圈,两圈,三圈。它惊奇于她的美丽,也折服于她的执著,痴然地扑进她的怀抱。她的影子在水中荡漾,扩大,分身,一霎时竟有十几个一模一样的她,咯咯咯轻声而笑,那天籁似的笑声铺开满河的银辉。而倏然间,好像有鱼儿跃出水面,白光一闪,她一下子回到天上。天使的翅膀煽起一阵轻风,春天真的来到了。

阳台上的花

58

这就是初月了,牛年正月里的初月,真正的初月。

沿河的华灯眨着眼睛,不解地看着她。灯们不知道她今年为什么来的这么早,为什么这么早就送来了暖气流,没等立春节气赶到,一河的春水就吐出了热腾腾的白雾;也不知道她的身体会是那么轻盈,她高兴起来竟和小孩子差不多,她翘起的那只脚还在不断地晃悠,而她的眼神却顾盼着深远的空际。

她在遐想吗?"一钩初月临妆镜,蝉鬓凤钗慵不整。"她在为谁用悠然的表现深藏苦苦的痴情呢?

关于她的美丽的传说,人们如数家珍。然而,有谁知道她的这一段尚未解密的隐私呢?

她不敢正视河边的织女,只对牛郎暗流清泪。

她和织女是表姊妹,同在王母娘娘麾下服务。一天,天上的仙女们瞒着王母娘娘偷偷下凡,在一条清澈的小河边洗澡嬉戏。

小河边住着个聪明忠厚的小伙子,叫牛郎,从小父母双亡,跟着哥哥嫂子艰难度日。嫂子马氏为人狠毒,经常虐待他,逼他干很多的活,一年秋天,嫂子逼他去放牛,给他九头牛,却让他等有了十头牛时才能回家。牛郎无奈,只好流着泪,赶牛出了村。

有一头老牛实在看不惯,这头老牛原来是到民间查看民情的神仙,对他说,牛郎,你要自己过日子。

牛郎摇摇头,我凭什么呀?上无片瓦,下无立锥之地,一个放牛的小子,怎么自己过日子?

老牛说,有天上的仙女来洗澡了,她们一个个凡心很重,其中有一个织女,一手好手艺,最会过日子,我把她介绍给你,你就可以独立门户了。

牛郎还是摇头,说,她是仙女,我是凡人,不成不成。

老牛说,有什么不成的?只要她愿意你愿意,就成。

老牛就咬他的耳朵,叫他如此这般。

他们到了河岸,仙女们正玩的热闹。牛郎趁她们不注意,抱起织女的衣服就走。

洗完了澡,仙女们上岸,穿好衣裳。织女急得哭了,她不知道自己的衣服哪里去了。没有了衣服，回不了天宫，如何是好！其他的仙女都为她着急，表姐嫦娥也陪着流泪。

牛郎说，衣服在我这儿。

大家都吓了一跳。

一个大男人出现了，这还了得？织女赶紧避开，躲在嫦娥身后，然后用草隐蔽了自己。织女对嫦娥说，表姐，你帮我把衣服拿过来吧！

嫦娥见是一个忠厚的小伙，凡心一动，脸红了红。听表妹这么说，顺水推舟，说，好，我去跟那个愣小子交涉。

嫦娥把织女的衣服要回来了。

由于老牛在衣服上吹了口气，织女穿了后就怎么也忘不了牛郎，后来偷偷下凡，来到人间，做了牛郎的妻子。织女还把从天上带来的天蚕分给大家，并教大家养蚕，抽丝，织出又光又亮的绸缎。牛郎和织女结婚后，男耕女织，情深意重，他们生了一男一女两个孩子，一家人生活得很幸福。

嫦娥也从此中了"邪"，思春心切，不再安分天上的生活，她老是想着牛郎伟岸的身躯和那副忠厚的面孔。后来，她把织女和牛郎的事情泄露给了王母娘娘，她自己也因为不守天条，被罚下界，做了神箭手后羿的妻子。

后羿力大无比，他用宝弓神箭，一口气射下九个太阳。最后那个太阳一看大势不妙，连忙认罪求饶，后羿才息怒收弓，命令这个太阳今后按时起落，好好为老百姓造福。

一个老道人十分钦佩后羿的神力和为人，一心想成全他做神仙，就赠他一包长生不老药，吃了可以升天，长生不老。后羿舍不得心爱的妻子和乡亲，不愿自己一人升天，就把长生不老药交给嫦娥收藏起来。

嫦娥正想着怎么再回到天上，她已经知道了牛郎织女被罚的事情，欲找她们道歉，然后寻机和牛郎结为秦晋。这时碰巧后羿的一个徒弟卑鄙奸诈，想抢长生不老药，嫦娥仓促间把药全部吞下肚里。马上，她便身轻如燕，飘出窗口，直上云霄。因为她刑期不满，王母娘娘还不想见她，就把她截在月宫，收了她飞天的能力，从此望天兴叹，长恨不已。

自此，每逢牛年来时，嫦娥都以她自己的方式思念牛郎，醉卧桂花树下，把自己的热情和酒意洒向人间，暖了海内，醉了人寰。

如今，她依然那样悠然的样子，若有所思的神情，永远的愧疚，永远的追求。

天气真暖啊！有人说。

天气真暖。有人附和。

是的，初月的出现，已将春的脚步声唤来，牛年就有"牛"样儿，牛郎来了，织女来了嫦娥也来了，于是春提前到来了。朦胧的树影下，对对情人相濡以沫，一次次长吻，一个个无言的交流，不也传递着春天的信息吗？

只报春消息

　　拜谒开封府那天，强冷空气席卷着北中国，中原地区的最低温度降至零摄氏度以下，天是阴的，乌云低垂，伸手可触，却就是不下雨，这应了"旱倒的天，阴得再厉害也没有雨下"那句老话。但是，空气很是潮湿，潮湿的空气里有一股清香，淡淡的，绵甜而幽远。一展眼，就有几树梅花斐然绽放，使一度严肃的官府笑逐颜开，乐从中来，清新，舒适，爽心，悦目。这里是开封府深处的一个小庭院，瞻仰了包拯、苏轼、欧阳修等的公堂后，一步迈进来，那感觉一下子轻松了许多，先前的景仰之心也油然升华，以至于纯真且至高的境界。

　　啊，梅花堂！

　　开封府留存于今，多半是因了包公的清明。梅花堂的存在呢，相信大部分人的回答是：毫无疑问因为开封府的遗存。可是我却不以为然。我认为，是因为梅花，唯其梅花使梅花堂存在下来；也因了梅花，宋室的开封府一干官员得以青史留名。

阳台上的花

这说法也太出格了吧?

不,一点都不!

梅之品若人品。古人多有将人品比作梅品的,也有把梅品比作人品的,以梅寓人,以人喻梅,人与梅比,梅与人誉,人梅一品,合二为一。试看下边几首诗:

杜甫《江梅》

梅蕊腊前破,梅花年后多。

绝知春意好,最奈客愁何?

雪树元同色,江风亦自波。

故园不可见,巫岫郁嵯峨。

柳宗元《早 梅》

早梅发高树,回映楚天碧。

朔风飘夜香,繁霜滋晓白。

欲为万里赠,杳杳山水隔。

寒英坐销落,何用慰远客。

王安石《梅》

墙角数枝梅,凌寒独自开。

遥知不足雪 ,为有暗香来。

宋·苏轼《赠岭上梅》

梅花开尽白花开,过尽行人君不来。

不趁青梅尝煮酒,要看细雨熟黄梅。

上面几首诗乍看只是写梅，其实也是写人，是把人融入梅中了。古人之所以赞梅，是因为梅的高洁和不惧严寒，梅花在皑皑白雪中绽放，在料峭的春寒中傲立，甚至没有绿叶相伴，艳艳地开在枯枝上，保持着自己的个性，无论气候如何恶劣，仍然洁身自好。多么难能可贵啊！于是乎，文人雅士，正人君子，有正义感的大小官员，纷纷以梅自喻，以梅为榜样，修身养性，为官为人。人做好了，官也做出了名堂，清正廉洁，为民办事，自然就众口铄金，流传千古。开封府坐过的几位，观梅品梅，以梅为鉴，把梅的品质化为自己的德行，"香如之远"，就在中国青史留名了。这也许就是"环境造就人"吧，梅花堂造就了我国历史上屈指可数的大清官中的几位佼佼者。

我不想如数家珍地罗列他们的政绩，此时其实我什么大的感念都没有，只是观赏着那粉嘟嘟鲜艳艳的梅花，嗅着清淡淡暗悠悠的花香，品评着"寒雪清骨"、"香如之远"的题联，灵魂似乎也和清香化为了一体。我兀想起毛泽东的咏梅词：

风雨送春归，

飞雪迎春到。

己是悬崖百丈冰，

尤有花枝俏。

俏也不争春，

只把春来报。

待到山花烂漫时，

她在丛中笑。

也许，这是咏梅诗词里最高境界的了。梅花纵然艳丽，却没有更多奢望，她并不刻意争奇斗妍，而只想将春天到来的消息告诉大家，因此自己乐在其中。开封府啊，我想你也当是如此，你肯定只是中国古代千千万万个清明官府中的一个，你是某一个清明时代的缩影，抑或，你还是政治清明的化身，你所昭示的，必是公开、公平、公正、公义、公德、公共的大同世界的愿景。

"可惜呀，开封府时代早已过去了！"有同行者叹息。

阳台上的花

啊？否！真正的"开封府时代"正悄然而至，它是伴随着中华文化复兴而来的，伴随着中国经济快速发展而来的。而且，此"开封府时代"非彼"开封府时代"，这是一个前所未有的盛世景观。

不是吗？梅花树下的草坪上，分明已经显露了绿意，虽然依旧天寒地冻，可是野草依然冲出地表，在梅花的报春声中，蓬勃向上，迅疾扩展。

于是我想，梅花既然开了，小草既然生了，一个天地清朗、百花齐放的时代还会远吗？

春雪

　　一冬无雪,开春的日子里也没有雪,农历二月倒是来了雪。太阳已经有几天不露脸了,阴的人心里发寒,本来正月里就脱掉的衣服,这段时间又都穿了上去,就这,还觉得冷呵呵的。下午到郊区去采访,下了楼就看见空中有几片淡淡的小花,飘飘乎乎的,落在脸上,只感到一丝热痒,有一点快意。心里想:是雪吗? 不会吧? 什么时候了,还有雪? 没在意,依然的坐上了去目的地的车。到了采访点,还是那样,空气中偶有羽翼般的结晶。约了几个人聊了一会儿,抬头看窗外,竟有鹅毛大片翩然而下。我丢下采访本,飞快到了门外,啊,好漂亮哦! 晶莹的花儿从空中飘下,纷纷扬扬,很快,已是漫天飞舞,黑色的大地便迅速变成灰褐色,旋而就成了银白色,好一幅北国风光图!

　　好亲切的雪啊! 我欢呼它正是因为它久违了人们,久违了急需雪雨的禾苗。因为它的久违,麦苗返青推迟,张嘴向人要水喝;因为它的久违,病菌有了肆意横行的机会,医院里的病号比往年同期显然增长。雪啊,你正常降临的时候人们并不觉得你的

阳台上的花

宝贵，而你生气不来的时候人们才认识到你的作用，那么的让人渴求。这不，连我这个不善于激动的年过半百之人都按捺不住看见你的振奋，停下了手头的工作，仰天伸出双臂，可着嗓子大叫，如三岁的顽童。

我忽然想起韩愈的《春雪》诗：

新年都未有芳华，二月初惊见草芽。

白雪却嫌春色晚，故穿庭树作飞花。

这首《春雪》，构思新巧，风采独具，不愧是韩愈小诗中的佼佼者。诗中流露的情绪，是惊是喜，先说春来之晚，"新年都未有芳华，二月初惊见草芽"，立春不见春草芽，直到二月才看见春天的脚步姗姗来迟。作者并未点明为什么来迟，但是读下去就豁然明白，"白雪却嫌春色晚"，白雪虽然是来给春天增色的，可不可以这样说，以前的春之来晚正是因为雪来得晚了呢？翻上去再看"二月初惊见草芽"一句，就觉得诗人的感情不是单纯的叹惜、遗憾，却更显示了叹息、遗憾，在叹息、遗憾里惊见春草，那份欣喜跃然纸上：虽然春色姗姗来迟，但毕竟是来了！春雪则以特殊身份，装扮了春天，"故穿庭树作飞花"，春因了白雪更美了。

我赞美的春雪情形也许和韩愈不一样，不过，今人和古人之间仍然是心灵相通的。对于春雪的润物，对于春雪的景色，对于春雪的益处，古今之人都是大加赞赏的。春雪在久旱之日降临人间，那份欣喜应该是无以复加的。春雪在人们最需要的时候来到，使人们领略了平时见它时没有的狂欢。

早已是漫天皆白，早已是风光无限。

哦，春雪！

二月赏雪

　　早晨醒来,灿烂的阳光夺窗而入,和煦的暖流潺潺回荡。哦,雪晴了?

　　是的,雪晴了。几天的酝酿,一场春雪,纷纷扬扬的鹅毛大片,我以为能下个三日两日呢,没想到这么快就停了,一片阴霾一扫而为万里晴空。下楼出小区,徜徉在黄河故道的岸上,举目四望,太阳并不如在居室里想象的那样明媚,有一层雾气朦胧着,因此显得更美,而且有一种神秘的色彩。两岸的小区,被星星点点的银白点缀着,行道树、景观树、黄杨、雪松,都附着耀眼的雪凌。近旁的冬青、紫薇、柳叶桃和迎春花,也都举着片片雪筝,放飞它们似的,又似乎在品味春雪的多情。尤其是迎春花,黄黄的小花边,白白的雪球映衬着,雪显得更加晶莹,花显得更加艳丽,两相比照,韵味无穷。是谁在草坪和那几棵杨柳之间开垦了一小片土地,羞羞答答的麦苗像披了婚纱,一动不动地等待着新郎的迎娶。

　　春雪就是春雪,春雪不寒,昨天的阴冷早已去之千里,斑斑的雪迹倒好像生出许

阳台上的花

多暖意。细看身边的雪球,竟有热热的气体升腾,袅袅的,依稀一眼眼小小温泉的浪花。一缕阳光斜照在那颗最大的雪球上,于是就有七彩的荧光反映出来。

有唧唧啾啾的鸟叫声传来,不是野鸟的叫,是训练有素的鸟的有板有眼的鸣唱。抬头就看见有人在前边的一块空地上打形意拳,一招一式,花样翻新,娴熟流畅。练武之人时而做出飞鸟的动作,高兴处就从嘴里发出一两声鸟叫,引得挂在旁边树杈上的笼子里的小黄鸟煽翅而鸣,鸣出一长串乐音。小黄鸟煽动的翅膀把附近的点点白雪惊动了,惊得抖抖肩膀,舒舒胸怀,那花蕾似的白球便骤然绽放,一个不小心滚落下来。它们也真够幽默的,翻了几个筋斗,嘻嘻哈哈,干脆顺势而下,飘在地上,又施展隐身术,兀然入地,顷刻不见。

太阳渐渐升高了,近处和远处的雪景开始变换形态,又一点一点被高大的建筑和树木掩护起来。眼前的麦地里,"新娘"的婚纱也被挑起了半边,一个个"犹抱琵琶半遮面",焦急地等待着"太阳新郎"完全掀开她们的面纱。

地气腾腾的升起,农历二月的春雪身姿不断扭动,它们凭空给大地绘出了壮观而俏丽的画卷,给变幻无常的世界些许纯洁,同时也使早春的阳光更加温暖。

我忽然"诗兴"大发,胡诌了下边几句"古风",勉强算作结束语吧:

二月雪发古城春,

一丝一缕惊花魂。

满目高楼满目柳,

半河白金半河云。

我欲故道独举樽,

歌罢苍天歌自身。

遥听南海波涛动,

忽见新枝醒乾坤。

夜雨迷蒙

近日手头事情多,有点儿小忙,没有看天气预报。昨天下午六点多钟,出了办公室,似无意间抬头看了看天,灰蒙蒙的,中度铅色,也没在意是不是阴天,会不会下雨,就乘车到朋友处。在朋友处小酌之后,已是九点多,出门"打道回府",忽觉有一丝凉意在脸上。有人说,哦,下雨了!真的是雨,只是很小很小,如针头般的零星小雨丝,不足挂齿,甚至算不上雨,雾珠而已。我说,怎么会下雨呢?朋友说,预报有雨。啊,是吗?朋友笑了,我也笑了。

车过废黄河桥,手机响了,接听,是朋友的声音。朋友说,下了啊。我说,是吗?再看窗外,果然有迷迷蒙蒙的小雨挂在玻璃上,不甚明显,是那种"细看才有粗看无"的情形。黄河故道上的景观灯依然五彩缤纷,岸上火树银花,尽显夜徐州的美丽。远处的显红岛,在灯光里如一艘驶进港湾的航船,有憧憧人影活动,如归心似箭的远征者,急急地背起行囊,夺级而下。我已渐渐远离他们,公交车在灯的海洋里穿梭。我一直注视着车窗,看雨似下非下,看如薄雾的雨气升降。灯光似乎比无雨的日子里更美,朦朦胧胧的美,像粉质很浓的丽人,迷人的白皙。

公交车在我居住的小区门口站台停了。下了车,就感觉到了雨的威力,虽然不大,打在脸上,落在头上,钻进脖子里,却也寒冷异常,毕竟才进农历二月不久啊。我后悔没带伞,看着行人头上的那片"天",真有些羡慕。凡事预则立,不预则废。我没在晴天想雨天,挨雨浇也是活该,幸亏雨下的不大,淅淅沥沥而已,不然紧走慢跑到楼下,真要变成落汤鸡了。

我肯定没有懈怠,过了马路,就是小区大门了。

突然,一声刺耳的急刹车声。交通事故,一定发生了交通事故!我脑子"轰"的一响,下意识地回过头来。不远处有一辆小轿车还颤颤地颠着尾巴,排气筒里有一股浓烟冲出来。有人围过去。我也返身到了马路上。万幸,刹车及时,横穿马路的骑车人毫发无损,就是自行车后轮给撞坏了。我舒了一口气。

我处理过几年交通事故,还亲历过两次车祸。一次是去年,不,是前年了,农历八月初二,我晚上七时许和老婆一起去九里区苏山女儿家。过西三环时,看好两边没有车,且是在两边都有标示的斑马线上。我们走过中间黄线时,不想从左边窜来一辆改装车,没有灯光,没有鸣笛,突如其来。我和老婆走在一条线上,她在我右首。我觉察到左边有情况,立时站住,同时拉了她一把。此时她比我稍前半步,就这半步,一瞬间,那辆改装车擦我前襟而过,老婆的头部被撞上了,顷刻倒地。幸而离医院近,抢救及时,从死神手里抢回生命。但是,肇事方无力支付费用,我也只能耗尽家产进行救治,尔后修养恢复。也是万幸,目前已痊愈,没有落下后遗症什么的。还有一次是在十多年前,1976年吧,10月,晚上十点多钟,夜巡回来的路上,发生了事故。那天也是这么个天气,细雨靡靡。路上车辆不多,为了尽快赶回,我们闪着警灯,一路呼啸。哪知就是这警灯闯了祸,一辆河北省某公司的大货车迎面驶来,他大概看到路上的警灯就害怕吧,也是为了避让我们,在距我们不远的地方紧急刹车。他忘了细雨油路,如丝的雨雾把公路路面抹得滑溜溜的,急刹车是非常容易出事故的。他的车横在了路上,我们已经没有了采取措施的机会,一头撞在货车车斗上。"咚!"我们的小车报废,车上的五个人全昏厥过去。我是最轻的一个,待我醒过来,附近的厂警和工人围了来,正慌地七手八脚砸车门。他们最先把我拉出来,又把其他几个拉出来,又把我们送到路边的矿医院。之后,矿医院做了紧急处理,就叫了救护车,送我们到市立一院。驾驶员的伤势最重,一条腿断了三截。值得庆幸的是,在那种情况下,我们竟然没有太大问题,谁听了都说我们命大。可是,之后的许多年里,我非病即灾,不顺心者有七八。

昨夜也是毛毛细雨,也是路滑如油,那一声急刹车声着实吓了我一大跳——我是被吓惊了脑子啦!

回到家里,余悸未消,心通通跳了很长时间,吃了一片"阿司匹林肠溶片",睡下。我依稀看见我走在老宅后边的河滩上,方向是从西往东走,好像从那里可以进村子。河滩的沙土松弛且时有拱起,比较难走。我走的很艰难,但始终是前进的。忽然,我的前面出现一个黑洞,松弛的沙土还在下滑。我急忙停住,后退一步,转而往南,走上河堤。啊,河堤上真好,不仅风光美好,最重要的是没有了一切危险。有手扶拖拉机突突开过来。是从我后边过来的,由西而东,在我走过的河滩上行进,和我并排了,就要开到那个大洞了。我为它捏了一把汗。不要再前行了,否则就会掉进那个黑窟窿,后果不堪设想!然而,它继续开着,一步不停地跑着。奇怪,在那个黑窟窿上,它只微微颠了一下,安然过去了。我好迷惑,好迷惑。

我迷惑着醒来了,细听,窗外的雨仍是淅淅沥沥,淅淅沥沥。睁眼看室内,小区里的路灯照得通明,有树影婆娑着,那影子恐惧地在床前晃动,尽管我知道那是树的影子,起初还是被吓了个浑身起鸡皮疙瘩。我随手按了灯开关,电能把它们赶走了,我才逐渐恢复常态。但是,却睡不着觉了。睡不着就不睡吧,翻身坐起,拿了一本书,胡乱地翻看起来。看也看不进去,老是想淅淅沥沥的细雨,想可怕的车祸,想梦中的黑洞。想也不成想,理不出任何头绪,意识的丝缕编不到一块儿去。

睡不着,想不成,听着淅淅沥沥的雨一直到天色渐明。我失眠了,我被几个真实的和梦幻的意象搞得失眠了!它们究竟表示了什么,预示了什么,我无法知晓。

迷蒙的细雨啊,你能告诉我吗?

千岛菜花春正浓

"河有万湾多碧水,

田无一垛不黄花。"

这是写的苏北兴化了,写的兴化县的缸顾乡。成片的菜花,一望无际,尽染天地。和其他地方不同的是,这里密布水网,其实是一种特殊的湿地,湿地之中,呈现的是块块垛田,菜花种在垛田之上,犹如千岛一湖,花开岛苑,河沟分割,蔚为壮观。

我曾经梦过这情景,于是十分向往,很想到兴化一游。感谢《安徽文学》和泰州市政府及有关方面,组织了"全国知名作家泰州行暨第四届海内外华语文学创作笔会",我有幸被邀,此愿得以实现。

4月8日已近中午时分,在我们经过了几天的活动,参加了泰州旅游节开幕式,观赏了溱湖会船,游览了胡锦涛母校及旧居、溱湖湿地、溱湖古镇、光孝寺、望海楼、凤城河景区、梅兰芳纪念馆、麒麟湾生态园和李中水上森林公园等后,又驱车到"千岛菜花风景点"。离老远，或者说一进缸顾，不尽的风光就尽收眼底了，这使我油然想起毛泽东的诗句："战地黄花分外香"。不是吗，当年民族英雄岳飞为抗金而在这里摆过八卦阵，那纵横的沟堑，大小不一的垛田，不正是水中龙门、花丛迷魂吗？这里也曾是革命老区，这"八卦阵"一定埋葬过日寇、围杀过汪伪吧？当然，现在这里已不是战地，它已成为遐迩闻名的特殊景区了。而此黄花亦非彼"黄花"，这是菜花，油菜花、"四月菜花赛黄菊"，眼下正是它大展风采的日子。远远地，我看见一座高高的瞭望台，像导航灯塔似的，耸立在黄色的海洋之中。我想，那一定就是千岛菜花之地了。

此时，晴空万里，气温陡升至近30摄氏度。我感觉有些热，太阳也很是炙人。我是最怕热的，每年天热起来都有几天不大吃饭，所以，除了不得已，我是不在茶毒的阳光下暴晒的。可是今天，车一停，我却是第一个跳了下来，从头上扯掉了红帽子，不顾年龄的"戒律"，孩子似的扑向金色垛田的入口。

我真想像诗人一样长吟：啊，美丽的千岛菜花！

入口处是三四间小房子，中间是个门洞。过了门洞，是一条小路，土筑的以外，有一段则用三寸宽的木条铺成，走在上面笃笃有声，有颤颤巍巍的感觉。不时有女人的尖叫，那是因为木条间的缝隙卡住了她们的高跟鞋，免不了引起同伴的一阵哄笑。右边的小溪里，两只舢板相对而行。会船时，清流相拥，激起数堵浪波，两只舢板上的男男女女就互相招呼、嬉笑，无论认识与否，脸上都漾着春天般的笑颜。

我弯腰捧住一枝菜花，看她尽情绽放的笑脸。瞅她，粉嘟嘟，油光光，花不大，却精神十足，把美尽收其中了；嗅她，香丝丝，甜蜜蜜，虽然淡，也沁人心脾，那滋味已是别具一格；吻她，情切切，意绵绵，说是花，已状如情侣，其亲热的模样着实让人笑谈。其实我不是痴妄，我是被眼前的自然之美迷醉了，以至于忽然觉得我久违了它们，对不起它们，而应该用一种行为表示我的忏悔。

是啊，自从移居城市，也许因为故乡给我太多的创伤，也许因为我在那里做过太多的无法实现的梦，竟一次也不愿回去。我远离了它，远离了大自然。

我的家乡不是水泽，油菜花也没有这里成规模。家里的人往往是在沟边河堤，用铁锨、抓钩开出一小片地来，撒了种子，任凭它生长。而它的生命力很旺，经过干旱或者雨涝，它竟然茁壮得很，非绿非蓝的枝条上，黄黄的花儿开了，散发着微弱的香气，在春天的织绣中，与红的、黄的、蓝的、白的花以及绿的麦田、扬过絮的柳树、开了星星似的花的洋槐、偶尔一两株粉红雅致的桃树一起，构成一幅绝妙的图案。我有时就和小伙伴们躲在这图案里，玩捉迷藏，挖羊蹄子草，抑或四仰八叉晒太阳。

那时候我就知道油菜是贵重的经济作物，知道油菜花是由四枚花瓣、一枚雌蕊、四枚长雄蕊和两枚短雄蕊形成的小花朵，含有很丰富的花粉。种子含油量达35%~50%，可以榨油或当做饲料用。除此，油菜花的嫩茎及叶也可以当做蔬菜食用。我有一次就薅了几棵，意在为生了病的母亲改善生活，结果却挨了一顿揍。我还会背一首关于油菜花的古诗，记得作者是范成大。

东郊和气新，芳霭远如尘；客舍停疲马，僧墙画故人。

沃田桑景晚，平野菜花春；更想严家濑，微风荡白萍。

"走啊！"一位厦门作家催我。

我方才如梦初醒，抬头不好意思地看了看他，看了看直奔瞭望塔而去的同行的人们的背影，踏上蜿蜒的小径。有粉蝶在眼前翩翩而飞，也有蜜蜂莺莺的细鸣。细看，蜜蜂好多啊，有的在寻觅，有的则趴在菜花蕊中，肚子一吸一吸的忙碌。我环视四周，想找到养蜂人。哪里有啊？这"岛国"的颜色非常单一，是那种醉人的金黄。我猜想，必定是全世界的黄都集中在此了，不然不会如此耀眼。再有，就是瞭望塔、奔塔而去和盘桓塔上的人了。——养蜂人或许在很远的某个角落，默默地刮蜜呢！

不上塔顶不知道这里为什么名之曰"千岛"。你看吧，浑然一体的金色的大地上，亮晶晶地闪着"网带"；碧清的河流纵横交错，把无边的乡野分割成千万个大大小小形状不一的小岛，当地人叫做"垛田"。垛田上的菜花，宛如铺了金丝绒地毯，远远望去像一只只涂满蛋黄的面包，又像一个个堆着金元宝的器皿。眼一恍惚，"面包"被谁拿了起来，"器皿"也慢慢向你走来，恰如漫天的黄鸟，飞进你手中的笼子。有黑点儿在其中穿行，那是游船的踪迹。

"咔咔"的声音不绝于耳，几乎每个人都争相拍照，拍风景，拍留影。我没带相机，大多数时间只是看，有人提出给我"来一张"，我也仿佛心不在焉，我是想把风光印在心里，而不是胶片上。等文友给我拍好了，我记起我不能"流连忘返"，便悄悄地扶梯而下，回到瞭望台底角，站在木质码头边。穿景区服装的船妇以为我想乘船，笑盈盈的，甜甜的声音问："上来吗？不游游千岛菜花，那是白来啊！"我报以一笑，摇摇头。不远处，有一条载着游客的船，像一支梭，急急地追赶已经远了的几只小舟，那几只的样子像悠闲的鸭子在河中徜徉，上面有人朝这边招手、喊话。横于眼前的溪流中，黄黄的菜花倒映成趣，使这里的水淌金流银。一对煽翅接吻的麻雀影子在水里阿娜多姿，写出婉约的五线谱，朦胧、迷幻；熏风轻拂水面，在强光下挑动涟漪，描出奇妙的画卷，飘逸、灵动。

我们出了观赏区，有人在公路旁的小摊点头水果，头纪念品。我流着汗，大口地喘气，一边用太阳帽煽着风。我忽然想起一个问题，又折回到入口处。一位壮年汉子大概认为我还想"回游"，说："第二次不行的。"我笑了，谦恭地问："请问，千岛是怎样形成的啊？"

他看了看我，可能觉得我的问题正如中国人不知道北京一样可笑，他笑了，旋而认真地说："不知道，自古如此，是大自然的造化。"

"不是人工的吗？"我的想象，这儿地处下河地区，江淮交汇，地势低洼，人们为了造田，挖沟培土，久而久之就形成千岛格局，也是可能的。

"人工？人有多大的力量？"他反问我。

人有多大的力量？这的确是个问题。可是我想，单个人的力量也许不足以改变什么，集体的力量却可以移山填海。中国的近代史证明了这一点，眼前的现实亦证明了这一点。千岛菜花，说到底还是人作为的结果，一代代人的努力，每年的播种，才有千万个垛田，才有黄金似的菜花，也才会招来八方宾客，有了菜花本身及之外的收入。可叹的是很多人意识不到这个浅近的道理，"不识庐山真面目，只缘身在此山中"啊！

我肯定是个"理想主义者"，因为我此时竟有了"奇思幻想"：如果可能，我一定回到我久违的家乡，把"千岛菜花"移植到那里，建起观光农业园区，发挥"社会主义能集中办大事"的优势，把我们的家园建设成为和谐的小康社会，让父老乡亲都生活在万般美好的图画之中。

男人花

有一种花,蓝蓝的,像小喇叭。有一棵树,树干不高,阿娜窈窕。蓝蓝的小喇叭花立在娥娜窈窕的树上,要多豪美有多豪美,呼啦啦引来一大群人。这群人都是作家,可谓经多识广,花之美让他们折服,可是他们不知道这叫什么花。有人就问伴游,伴游告诉他们,这是男人花。男人花?没几个人知道世界上有男人花的存在,更多的人虽然知道有男人花,但不知道这不知名的花会叫男人花,其中也有我。

我知道最著名的男人花是水仙。神话里的纳西索斯,是全希腊最俊美的人,无人不爱。他却冷漠地不爱任何人,他以为自己是云,他们不过是泥,云如何爱泥巴呢?一次他到池边,俯身掬水,看见水中有一个无比俊美的形象,比他原来见到过的所有人都美丽。他就这样,爱上了水中的自己,于是落水而死,化做水仙花。

另一朵男人花叫风信子。太阳神阿波罗与西风神同时狂热地恋慕风信子,这场三角恋,阿波罗是赢家。阿波罗热情百倍,和风信子双进双出,狩猎,散步,参加各种竞赛。而西风神是一个阴冷嫉妒的情人。一天，阿波罗和风信子在玩掷铁饼，铁饼飞出，顿时，西风神吹来一阵西风，把铁饼吹向毫无准备的风信子。风信子倒地死了，鲜血染红了绿草地。阿波罗跪在风信子身边痛哭，他的泪与风信子的血混在一起，变成比血更红，比爱情更惆怅的风信子花，常常生长在湖边或者湿地。

还有荷花，俗称莲花，也和男人沾边，或者也可以叫做男人花。唐朝时，张昌宗是武则天的身边人，行六，人称六郎。六月里结伴出游，湖里荷花盛放，粉红粉白。友人谄媚道："六郎似莲花"。立刻有高人大喝道"胡说！"众皆变色。高人不慌不忙说："明明是莲花似六郎。"一场可能的祸殃平息，张宗昌心里乐滋滋的。鲁迅先生有诗道："何来酪果供千佛，难得莲花似六郎。"佳人难再得呀，女色如此，男色亦然。

而现在，又有被称作男人花的花，这是什么花呢？

这是蓝玉兰。伴游说。

人们的印象里，玉兰皆为白色，还有蓝色的玉兰花吗？我细细地看他的花形花貌。不错，是玉兰的形状，只是不是白色而已。按照常规，玉兰花白如玉，花香似兰，其形如莲花，花萼与花瓣相似，共 9 片，排列成钟状，四周开放，富丽皎洁。而他的树呢，一般都很魁伟，高者可超过 10 米，树冠卵形，花先叶而开，极有观赏价值。

这样的花，几十年中我只见过一次，仅此一次，在泰州，在泰州梅兰芳纪念馆；而且只有一棵蓝玉兰树，仅此一棵，在梅兰芳纪念馆的后院。三两亭子，几条曲径，百树丛中，唯此最艳。我忽然想，他不就是梅兰芳吗？男人花，男人之中的花，花中的男人。无论是男人之中的花，还是花中的男人，都是这个群体中的佼佼者。梅兰芳无疑最当此比。

梅兰芳（1894——1961），名澜，又名鹤鸣，字畹华、浣华，别署缀玉轩主人，艺名兰芳。江苏泰州人，1894 年生于北京，他出生于京剧世家，10 岁登台在北京广和楼演出《天仙配》，花旦，1908 年搭喜连成班，1911 年北京各界举行京剧演员评选活动，张贴菊榜，梅兰芳名列第三名探花。1913 年他首次到上海演出，在四马路大新路口丹桂第一台演出了《彩楼配》、《玉堂春》、《穆柯寨》等戏，初来上海就风靡了整个江南，当时里巷间有句俗话："讨老婆要像梅兰芳，生儿子要像周信芳"。他吸收了上海文明戏、新式

阳台上的花

舞台、灯光、化妆、服装设计等改良成分，返京后创演时装新戏《孽海波澜》，第二年再次来沪，演出了《五花洞》、《真假潘金莲》、《贵妃醉酒》等拿手好戏，一连唱了34天而不衰。

回京后，梅兰芳继续排演新戏《嫦娥奔月》、《春香闹学》、《黛玉葬花》等。1916年第三次来沪，连唱45天，1918年后，移居上海，这是他戏剧艺术炉火纯青的顶峰时代，多次在天蟾舞台演出。综合了青衣、花旦、刀马旦的表演方式，创造了醇厚流丽的唱腔，形成独具一格的梅派。1915年，梅兰芳大量排演新剧目，在京剧唱腔、念白、舞蹈、音乐、服装上均进行了独树一帜的艺术创新，被称为梅派大师。

1919年4月，梅兰芳应日本东京帝国剧场之邀赴日本演出，演出了《天女散花》、《玉簪记》等戏。一个月后回国。1921年编演新戏《霸王别姬》。1922年主持承华社。

1927年北京《顺天时报》举办中国首届旦角名伶评选，梅兰芳因功底深厚、嗓音圆润、扮相秀美，与程砚秋、尚小云、荀慧生一同被举为京剧四大名旦。

1930年春，梅兰芳率团赴美，在纽约、芝加哥、旧金山、洛杉矶等市献演京剧，获得巨大的成功，报纸评论称，中国戏不是写实的真，而是艺术的真，是一种有规矩的表演法，比生活的真更深切。在此期间，他被美国波莫纳大学等授予文学博士学位。

1931年"九一八"事变后，梅兰芳迁居上海，先暂住沧洲饭店，后迁马斯南路121号。他排演《抗金兵》、《生死恨》等剧，宣扬爱国主义。1935年他曾率团赴苏联及欧洲演出并考察国外戏剧。在京剧艺术家中，出访最多和在国内接待外国艺术家最多的当数梅兰芳，他把中国京剧表演艺术和艺术家谦逊、朴实的优良品质介绍给了各国人民，因此人们称他为本世纪二十年代至五十年代中国京剧艺术的文化使节。

抗战爆发后，日伪想借梅兰芳收买人心、点缀太平，几次要他出场均遭拒绝。梅兰芳考虑到在上海不能久留，遂于1938年赴香港。他在香港演出《梁红玉》等剧，激励人们的抗战斗志。1941年香港沦陷后，他安排两个孩子到大后方读书，自己于1942年返沪。

抗战胜利后，梅兰芳在上海复出，常演昆曲，1948年拍摄了彩色片《生死恨》，是中国拍摄成的第一部彩色戏曲片。上海解放后，于1949年6月应邀至北平参加第一次全国文学艺术工作者代表大会,当选为政协全国委员会常委。1950年回北京定居,任文化部京剧研究院院长,1951年任中国戏曲研究院院长,1952年任中国京剧院院长,并先后当选为全国人大代表。1955年,他拍摄了《梅兰芳的舞台艺术》,收入他各个时期的代表作《宇宙锋》、《断桥》等及他生活片断和在工厂、舞台演出的《春香闹学》等戏的片断。1956年他率中国京剧代表团到日本演出。1959年6月他在北京演出《穆桂英挂帅》,作为国庆十周年献礼节目。1961年8月8日在北京去世。著有《梅兰芳文集》、《梅兰芳演出剧本选》、《舞台生活四十年》等。代表剧目有《贵妃醉酒》、《天女散花》、《宇宙锋》、《打渔杀家》等,先后培养教授、学生100多人。

梅兰芳先生在促进我国与国际间文化交流方面作出了卓越的贡献。他是我国向海外传播京剧艺术的先驱。他曾于1919年、1924年和1956年三次访问日本,1930年访问美国,1935年和1952年两次访问苏联进行演出,获得盛誉,并结识了众多国际著名的艺术家、戏剧家、歌唱家、舞蹈家、作家和画家,同他们建立了诚挚的友谊。他的这些活动不仅增进了各国人民对中国文化的了解,也使我国京剧艺术跻入了世界戏剧之林。

解放后,梅兰芳先后当选为全国人民代表大会代表,中国人民政治协商会议全国委员会常务委员,中国文学艺术界联合会副主席、中国戏剧家协会副主席,先后任中国戏曲研究院、中国戏曲学院、中国京剧院院长,1959年7月加入中国共产党,为祖国的社会主义建设作出了多方面的贡献。

他是人中之骄、花中之魁,把他喻为花一点儿也不过分。

以上我引用了一些资料。然而鲜为人知的是,他这枝"花魁",少小时并不出类拔萃,貌不惊人,才不压众,家人曾经为他的前程担忧过。他小小年纪,便懂得努力,知道以努力弥补先天不足,而创造天地,而掌握自己的命运。

于是我又想,"花"是培育出来的,尤其是"男人花"。花是一种质地,一种综合素质的体现,一种特殊物质的复合。对于人,"腹有诗书气自华",素质高了,本质正了,容貌也可以改变。男人为什么不可以是花呢?"丑陋"的男人也可以是花,气质使然。有很好的气质,男人纵然不能成为娇滴滴的花,也必是雄迈的花,更使人仰望的花。

月牙泉游记

月牙泉是卧龙潭生态观光园里的一个不起眼的小景点。说它"不起眼",一是因为它藏于深深的百果园里;二是它比起九龙汇合的卧龙泉群,实在是"小巫见大巫",几无可比性。

然而,当我透过挂满果实的石榴树、木瓜树以及白果树、梨树、枣树、柿子树,还有枫树、皮柳、乌桕、黄杨等,一眼瞧见那高高耸起的红石假山壁,就被牢牢地吸住了。百果园的青青葱葱的色彩中,突兀地出现了一片红云,乍看光芒四射,细观凝重如漆,悬在西北天边。和林林总总的果树对话了若干时间以后,猛看见幽林异境,那个惊喜,实在无以复加。

这是初秋,己丑年七月二十一,我和几个作家朋友被知名的企业家胡大贵先生邀来,感受卧龙潭生态园。此园占地面积五百亩,其中水面六十亩。胡先生投资了数千万元人民币,建成了卧龙潭、卧龙居、腾龙塔、百鸟园、农耕园、百果园及运河支队纪念馆等几大景区。

这天的天气有些阴,气温自然也低。可是也有好处,大家大可不必顶着毒太阳,女士们亦不需撑开漂亮但却有碍罗曼蒂克的阳伞了。有雾气朦胧着水和岛,朦胧着楼和亭,朦胧着坊和塔,也朦胧着写意的奇石和夸张的影壁,连飞着的、游着的、站在枝头的、走在地上的、高兴的、歌唱的、深情的呼唤的各种鸟儿都是朦胧着的,香气、甜气、清气、醇气、醉人之气的百果园更不用说了。云就在头上,伸手可以攥一把水。一片乌纱漂浮着,升腾着,与那几棵楸树不即不离。一会儿,又有一片乌纱在那棵石榴树下慢慢出来,小乌纱变成了大乌纱,大乌纱变成了青纱帐。青纱帐继续弥漫,就有它的舌子舔着了我们的脸,丝丝的凉意仿佛淅淅沥沥的雨打在面颊,如海滩上的冷风。

木瓜挂满枝头;银杏如星辰般在树冠里眨眼;偶尔还有几颗柿子点缀风景;石榴正逢其时,红红的皮,血气旺盛。有女士问,可以吃了吗? 有人就说,还不到时候,要到中秋哩。那问的不信,摘了一只,掰开,鲜艳的籽儿拉住了她的舌头,口水差点流出来。尝一颗,嗯,好吃! 熟了? 能吃了。说着,又有人伸长了胳膊。

我不好吃,只爱看,看着幽深的林子觉得处处是风景,每棵树都想给它一首赞美诗。不过,我此时却没有词,仅感到脑子里全是无法表达的概念,理智被冲击了,如果还能说出子丑寅卯来,恐怕也只有一个字:美!

是不是我第一个发现了红石壁? 不好说。但是我是第一个被惊得差点儿跳起来的,这一点毫无疑问。当时,我正在寻找一棵据说是陈毅拴过马的大枣树。百果园的主人从当年陈毅将军曾经的房东那里买来了这棵树,特意用栅栏围起来,供游人瞻仰。我尚未欣赏到它的雄姿,抬头望见的竟是绿树丛中的红壁。

我"啊"了一声,眼直直的竟呆了半晌。

我根本没想到纵深的林子里会出现"别有洞天"式的景观,如一片红霞落在树梢,因为突出,因为红艳,因为在林深处,它显得格外吸人眼球。

我奔过去。

石壁是一色的红石垒起的,后边的地凸出成小丘,小丘上边当然也是树;而前面(南面),则是一片草坪,一个相对宽阔的地带。有一条弧形小径半围着它。我来到它的正面,向

阳台上的花

它行注目礼。我数着它是由多少层石头构成的,数了两遍竟然没有数清。我忽然发现石壁的根部似乎坐落在一个小水塘里,它是冲破地表拔地而起的。也许我看见的人工匠心是个假象吧?它原本就是大自然的造化,是造物主的杰作。

我擦了擦眼睛,想把它看个仔细。

是的,它的确坐落在池塘里,它的前边有塘口的表征,鲜嫩的小草在那上边静静地俯卧着,它地西边的三两丛灌木向池塘伸着脖颈,表示它里面的水汽是大的,它的甘甜的琼浆使灌木垂涎三尺。

我不惜踏上稚气的小草,任凭它们抗议,我相信,一旦它们理解了我此时的心情,它们是会原谅我、甚至为我架桥铺路的。我扑到小塘边。

原来,刚才我错了,那里不是小水塘,而只是窄窄的、弯弯的凹坑,宽不足十米,长也就大约三十米光景,它的弧正好卡着红石壁;石壁也不是天然的峭壁,确是人工而为,那红石不过就地取材而已。再近看,凹坑里有清清的浅水,水底还有几株无名水草,那水草是生在石槽里的。石槽的边沿有细小的田螺,似乎还在慢腾腾蠕动。水真清,清到仿佛没有水,仿佛如许的月光。

这是月牙泉。

我刚在脑海上跳出"月牙"两个字,就有人在我背后说,那是百果园的一个管理人员。我惊奇于神思的不约而同,轻轻地点了几下头。

这是——泉吗?

是泉。

可是,怎么看不见泉眼啊?

我没有看见哪里有泉眼,水是那样的平静,如少年的玉样的面容。在我看来,泉是有出水的孔的,泉的大小取决于孔的大小与出水的急缓多少,没有孔的泉是不存在的。我的无知和偏见即刻暴露无遗。

知道俺把红石叫啥吗?叫泉水石。为啥叫泉水石呢?因为它透水。它的样子是石头,可它的身子就像海绵,不,不是海绵,总的就是有无数的虚空,结构松散,水就从那里边渗出来。是渗的,所以肉眼看不见。俺这里正在红石带上,你看这一圈圈的红石都渗水哩！天再旱，这月牙泉里的水都没有干的时候。

月牙泉，月牙泉，它果然就是一轮新月！它的形状和新月无二致，竟使我油然想起乐府诗《子夜四时歌春歌》："碧楼冥初月，罗绮垂新风。"哈，不就是嘛，虽然没有碧楼，可也是红石假山冥初月啊！虽然不是罗绮，可也是绿纱果树垂新风啊！它岂止是新月，而且还是童话里的月牙娃娃，它的弯曲的弧中间，那石缝自然形成的像翻转来的顿号的一点，恰似月牙娃娃的鼻子，那只眯眯笑的眼睛是一块圆滚滚的青石，合不拢的嘴巴也是青石，是两块青石的携手打造。月牙娃娃？好雷人的名字！于是我想，这里一定是月牙娃娃童话故事的发祥地，月牙娃娃就是从这里走出果林，走向夜空，走进人间的。

关于月牙泉，我早有耳闻，那是鸣沙山群峰环绕的一块绿色盆地中的月牙泉，一泓碧水形如弯月，被鸣沙山四面环抱，它的神奇之处就是流沙永远填埋不住清泉，月牙泉就像一弯新月落在黄沙之中，泉水清凉澄明，味美甘甜，在沙山的怀抱中娴静地躺了几千年，虽常常受到狂风流沙的袭击，却依然碧波荡漾，水声潺潺！它像绝世佳人的眼睛，清澈、美丽、多情；它像窈窕淑女的嘴唇，神秘、温柔、诱人；它像是一牙白兰瓜，碧绿、甘甜、晶莹。

我眼前的，当是又一番景象。它不在戈壁滩，没有亭亭玉立的白杨，没有娘娘殿、龙王宫、药王洞、玉泉楼、雷音寺等雕梁画栋、勾心斗角的古建筑群，没有游鱼结队。可是，它的神奇一样让人称绝。它是一泓静水，足可以照见人的心灵；它是一个童话，足可以启发人的想象；它是一处仙境，足可以慰藉人的缺憾。它的童话性质却是鸣沙山月牙泉不能比及的。我飘然的，就走进了它的世界。

我记起一个美丽的传说，说的是很久很久以前，九龙窝旁有一个小花魂，无忧无虑地徜徉在那片小小的花丛中。一个月华如水的夜晚，她忽然听见一声声幽怨缠绵的声音，一滴水珠落在手上，接着又一滴落在脸上。起初她以为下雨了，后来发现不是，那不是水珠，而是一个人的眼泪。那是个英俊的青年男子，一袭青衫，长身玉立，在朦胧的月光下显得非常伟岸。她好奇，问那人为什么流泪。可是他听不懂她的话，只管嘶哑着声音悲戚地在呼喊。费了好大的劲儿，她才弄清，他是在呼喊一个叫"蕊儿"的姑娘,他和"蕊儿"青梅竹马,相亲相爱。可是,"蕊儿"却不知什么原因离开了他,他就到处寻找。"蕊儿"? 她彷佛记起自己曾经叫过"蕊儿",有一个人常常在她耳畔喊她"蕊儿"。他的声音,那么熟悉,他的泪珠,那么晶莹,她心动了,好像她成为花魂,等了许久,只为这声音,只为这眼泪。他看见她了,朝她张开双臂。她却一下子飘开去,因为她只是花魂,一个小小的花的精灵,近不了他的身,不能与他结合。她很苦恼,平生第一次领略了烦躁的滋味,企盼转世为人。她向上苍求告。天帝说:"天道无亲,常与善人。"并指点她,如想成就,必须专意修炼,用心守候。于是,她遵照天帝的意旨,一天天,一月月,一年年,她守候着,修炼着。在这些日子里,有一弯形状如月的月牙泉与她相伴。她记不清月牙泉是何时有的,好像是从她守候修炼之日就存在了,就突然地存在了。她每天守着月牙泉,静静地修炼,不知不觉过了五百年。一日,她正在用功,突然一道金光从天而降,笼罩了她,如梦如幻。一声霹雳,她惊醒了。醒来,她已幻化成一个绝代佳人。她满心欢喜,对着月牙泉梳妆起来。这时,她隐约看见有一袭青衫,有一个修长的身影。是他? 那是他! 她疑惑着,却真真切切地看见了那眼泪,她等候了五百年的眼泪啊! 可是他又倏忽不见了。他为什么要躲开呢? 她要找到他,一定找到他! 她远离九龙窝,惜别月牙泉,餐风宿露,到处寻找。春来春去,花开花谢,她磨破了小脚,望穿了双眼,却没有看见那张英俊的脸。夜夜梦里,那人来了又去,去了又来;而醒时,只有相思,一种至深的苦痛。她就想,或许这五百年的守候只是一场梦吧? 或许我永远见不到他了吧? 如果是这样,我情愿仍做回一朵小小的花魂。她想回去了,想回到九龙窝,回到月牙泉,回到花的世界。她回到九龙窝,站在了月牙泉边。恍忽中,那青衫修长的身影,那悲戚缠绵的声音,那让自己魂牵梦绕的眼泪,又出现了。这时,天帝的声音蓦然响起:"知道吗? 陪伴了你五百年的月牙泉,就是他。为了你,他化作清泉,悦你耳目,润你心田。"刹那间,她泪流满面。怎么是这样? 怎么会是这样? 她昏厥了,埋怨人生的灰暗,理想的无法实现。"不",天帝说,"有情人终成眷属。只要是真心相爱,只要你愿意再守望月牙泉五百年,下一个轮回你们必结秦晋之好。世间种种事,成败在个人。你好自为之吧! "她半信半疑,但是仍然谢过天帝,在月牙泉边轻轻地躺下……

啊,月牙泉啊月牙泉,我希望他和她永远相伴!

我望着月牙泉，在它的美妙无比的境界里，升腾了一团淡淡的雾，修长的少年和绝世佳人在雾气里渐渐走近。他们欢乐着，幸福着，我看见了他们的笑脸，还有不知向谁的频频地招手。

　　我就是这样奇怪，常常被一些美妙的幻梦搅扰。于是我知道，我童心未泯，我的一颗赤子之心在我的"奔六"的胸腔里天真地想象，快乐地玩耍，无拘无束地遨游。

　　月牙泉啊，你把我带到了纯真无邪的自由王国，带到了我终其一生要寻求的爱的境界！"白露下，初月上，陶然一适。""一适"足矣，夫复何求！

　　月牙泉东边成片的对接白蜡树亭亭玉立着，站成一道风景线，像是守望的贞女。

　　这是一种名贵的树。有人介绍。不仅是"物以稀为贵"，而且它的枝条造型特好，你们看，这儿那儿树身上的"凤凰窝"，就是人的造作。

　　我不信，我以为不是的，那分明是贞女们的衣裙，是她们在翩翩起舞，在用无声的歌为痴情的俊男和专情的靓女祝福。

　　我想一定是的。

　　我深深的被感染了。于是，不由自主俯下身子，掬起一捧圣洁的泉水……

鹰回首

那是它的眼睛吗？似乎满是哀怜，有一种无可奈何。那汪汪的是泪水吗？它的委屈一定行之于色了，不然，它的小小的脸上怎么平添了些许愁容？我以为它以前不是这样的，它曾经很快乐，它的眼里充满了希望，至少从我发现它、并把它带回来以后不是这样。它怎么就变了呢？它的丰满的身体也仿佛瘦了，那只翅膀松垮了，一支羽毛摇摇欲坠，回头张望的姿势好像缺了力的支撑，脖子软软的，一副无精打采的样子；它的灰黑的背上，昨天的一场沙尘暴给它涂了一层桔黄，它虽然是躲在（实际上几乎被我遗忘）我的杂木书桌的底下，仍未能幸免窗缝里钻进来的微尘，越发显出了它的憔悴、焦躁、无奈、可怜。

我突然很伤痛，心灵深处竟生出不安和懊悔。

我是在九年前带回它的。

那时候我刚刚大病初愈，俗话说的，跟阎王爷打了一架好不容易挣脱回来，憔悴得连面容都改变了。我的上级也许出于我的健康考虑,叫我在家长期休养;我自己的位子被我极力推荐的人占住了,我也只能闲赋下来。我的心情肯定不是很好,常常钻进某一个牛角尖而不能自拔。我才40多岁,自认为还有些才干,还可以为我们的单位做些贡献,只是二次住了几个月的医院,就不得不离开工作岗位,虽然工资照发,还是让我无论如何都有些憋气。好在,九里区政府的某个旅游景区知道我能写会画,他们正缺一个文员,就邀我临时顶了上去。我的情绪终于稳定下来,调整过来,集中精力投入这新的工作中。我给他们策划了一个旅游发展项目,就是整合本地历史、人文和自然资源,做大做强两汉文化旅游,其中有开发九里山古战场遗址公园,有刘向墓陵和纪念设施建设,有玉潭湖的开发利用工程等等。当地政府很重视,派人到外地考察,并且做了一些前期工作。

一天,大清早的就有人在楼下叫我。我听出是景区负责人,就起床下了楼。他说,咱们去灵璧。去灵璧? 看奇石吗? 我问。他说,是啊,看好了放九里山口,标志性的。我当然高兴,这说明我的策划方案就要实施了。一个自认为识了几个字的"小文人",还有什么比自己的意见被人重视、采纳更令他高兴的呢?

灵璧地处苏皖两省交界处,虽属安徽,离徐州却很近。出城不远,下了104国道南行,我们的车子就走在乡间公路上了。本来是用不了太长时间的,可是那天是雨后,出了徐州地界,安徽的那段路正在重修,凹凸不平,时有积水,泥泞不堪,几次陷于其中,我们不得不下去推车,溅起的泥水弄了我们一身一脸,搞得很狼狈,因此延搁了,差不多中午才到。

灵璧距离徐州虽然不远,我却是第一次"光顾"。我们没有到县城观光,而是直奔出产奇石的渔沟镇。在渔沟镇,我们看了一街两巷的各样奇石,它们有大有小,有的精巧剔透,有的粗放旷达,有的形象逼真,有的简洁写意,有的好似鬼斧神工,有的宛若抽象派雕塑,琳琅满目,不一而足。那些年徐州民间收藏奇石已然成风,我不好此道,其实只是门外汉,无非是跟着看热闹,听他们高谈阔论。

史载,灵璧自古出奇石,明朝时,即作为贡品进贡朝廷。灵璧观赏石分黑、白、红、灰四大类一百多个品种,其中以黑色最具特色:观之,其色如墨;击之,其声如磬。其形或似仙山名岳,或似珍禽异兽,或似名媛诗仙,或似奇花异草,被国内外石艺界誉为"天下第一石"。宋人杜绾的《云林石谱》中汇载奇石品种数量灵璧石位居首位。"灵璧一石天下奇,声如青铜色如玉",这是宋代诗人方岩对灵璧石发出的由衷赞叹。据说,灵璧石的开发已有三四千年的历史,《尚书·禹贡》即记有"泗滨浮磬"。这是磬石,被称为"八音石",一种击之"玉振金声"的奇石。殷商时期有宫廷乐器曰"虎纹石磬",就是灵璧石雕制出来的。灵璧石不但品种多,而且观赏性强,具有形奇、纹妙、色美、质精的特点,有些还讲究"瘦、绉、透、漏"或"清、奇、古、丑、朴、拙、顽、怪"等,天然成形,千姿百态,意境悠远,气韵俱佳,魅力独特。

当时体积较大的奇石价格,不像现在动辄数千元、数万元、数十万元,那时超过一万元的不多。我们看了几家,都没有成交,其原因我想大概是因为我们这方面没有打算搞定,只想看看行情,为以后采购做到"心中有数",买家不买,卖家如何卖得出去?我知道我只是来"帮势",自然不便插言,他们到哪里我到哪里,"猪八戒背刀火纸",冒充书香人家,随便欣赏而已。

随车的行家提出到实地和坊间考察,于是我们七转八拐,来到磬石山北麓平畴间。那是一个不大的小丘陵,满山奇岩嶙峋,五彩映辉,山脚下这儿那儿扒出了大大小小的土坑,里边有的奇石起出去了,有的半裸着,形状各异,显出不情愿的或者跃跃欲试、急于出土的情形。

之后,我们进了附近的一个村子。村民们很热情,看见有小车来了,几个人就涌过来,这个递烟,那个握手,热乎的背后,不言而喻,都是为了出售自家的奇石。也有熟人,是同车来的行家的,他是这里的"老主顾"了。熟人相见,少不了寒暄,就招呼我们到家里吃饭。我们说,吃过了。那人说,那就先看别人家的吧。行家说,好,回见!那话里的意思也很分明,我们"例行公事"看看,货当然要你的。他带我们"货比三家"了一番,对每一尊大的景观石品头论足,都甩下话,这块不错,价钱还要低哦,我们明天派车来拉,像真的定了一样。其实,那全是托辞,主人的脸上就有遗憾,或者摇头,或者以言相讥,或者不痛不痒说一句什么,转身回了自家院子。

如此辗转了半个时辰,我们果然就到了行家的熟人家了。那个熟人60岁上下,四方脸,脸刮得青光,啤酒肚很大方地挺着,颇有点儿干部的风度。一问,果然是,他曾经当过村里的干部,后来不当了,就靠山吃山,开发奇石,发了财,建了楼,砌了这个大宅院。400多平方米的院子里,放满了各色各样的石头,大都是中型的,适合庭院置放;那座两层小楼里,除了床铺和家具,也是石头,大都是小型的,适合室内摆饰。我们在主人的指点下,一一品味,偶或提问外,皆为赞叹。看了一遍,赞了几番,主人又说,到后院看看。我们都说,好。就跟他出了门。在大门外,又站着审了会儿那尊立着的大奇石。这也是熟人的。景区负责人和他很认真地讲了一阵子价钱,同样许诺明天来车拉。我心里玄乎,八成又是"善意的欺骗"。

主人的后院是砖墙草屋,院墙有几处塌了半边,垒了几块不成景的石头,算是严稳了。他说,这是他们的老院,现在废了,放些从地里挖来的小石头。我插话,不住人看安全吗? 他笑了,出啥啥泼拉,不稀罕。他又是一块一块地给我们讲解,说,这是什么形,那是什么韵,如何难得,如何珍贵,升值空间多么大等等。我一耳听一耳扔,看着那些被他夸作一朵花的石头,更因为手里没有这么多的闲钱购买,只是装模作样,随口答曰,明天来买几块回去,这块好,给我留着。这些话都是逢场作戏,压根儿没打算兑现的,不知主人作何想法,也许他就相信了呢! 不然,他可能不会有下面的慷慨。

他讲着,我浏览着,忽然就把目光移到西山头的巷道。入口处有一堆小不点儿的碎石渣滓,在碎石堆旁,蹲着一只灰乎乎的鹰隼。它个头儿不大,却极有精神,回首朝后,似乎在顾望划过的轨迹,或者身后的一片天,威风凛凛,潇洒自若;那神情,大约在回味历程,骄傲它的勇敢和坚毅,藐视花花绿绿的大千世界呢。我眼睛一亮。再看时,哪里是鹰隼,而是一块奇石,一块酷似鹰隼的奇石。我靠近一步,展目细观。它太逼真,逼真得几可乱真,身子、头、喙比例适中,有形有神,栩栩如生。它眼里有些许暗淡,不过只一瞬间,就充盈了希冀,有一种"他乡遇故知"的喜悦,它肯定以为它有了"出头之日"的可能了。它的心灵仿佛一下子就与我有了沟通,我的心颤动了。它怎么会被放在碎石渣滓里呢? 它分明是奇石中的奇石,不说价值连城,如果是识家,起码不比一些巨石少卖钱。

我欢喜之极,萌生了欲得到它的想法。可是,我明白,我囊中羞涩,只能与之擦肩而过了,暗暗惋惜。我弯腰拿起一块石头,看一眼,扔掉,再拿起一块石头,看一眼,扔掉,拿到它时,看了又看,不舍得放下,最后摇摇头,轻轻放一边,长长叹息一声。

我们继续看石头。我们继续和主人套近乎。我们夸他的石头,夸他的水平,也夸他的义气,夸得他把他原来说的一万元的巨石降到了八千。

临了,他高兴之至,忽然说,喜欢的话,随便拿一块玩玩吧。

我们五个人,他们四个每人捡了一块,当然都是熟人的"秕子",我们都知道,人家再大方,你也不能"给个棒槌认作针(真)"啊?可话说回来,尽管是人家的"秕子",也还是有模有样的,是人家准备出售的。我看他们都挑拣了自己基本满意的奇石,心里打了一阵鼓,踌躇一下,就到了碎石堆,迅速拿起它。

拣块好的。主人说。

行啦,我就要这个了。我说,心里却索索地跳,生怕有"意外",让手里的"鹰"飞了。接着,我又鬼使神差说了一句,你也不容易。

喜欢就拿去吧,就是太寒碜了,不成敬意。

我庆幸主人没有认识它的真面目。

回来的路上,大家兴高采烈,一路欢笑,一路品评。我捧着它,左看右看。它的身体很饱满,腹部比较光滑,可能是蹲卧得久了,无奈中蹭掉了羽毛;双翅微微夸张,因为头往后拧了180度,故像刚歇息下来抖动翅膀的样子,又像忽然发现了什么情况,欲展翅腾飞的姿势;而眼睛,此时是欣喜的,它在感谢我的知遇之恩呢!

你拿的是一个什么呀?有人问我。

鹰回首。我脱口而出。

鹰回首?几个人伸长了脖子,连司机也转过了脸。

鹰回首!我说,同时展示给他们看。

还真是。他们一经我提醒,惊愕得眼睛都直了。

我偶获至宝,整个人也特别精神起来,那一段时间,走路都起了"二蹦儿",身体一夜之间康复到了从前。

我想给它打造一个精美而相应的配座。我明白,它是奇石,奇石收藏中的文化因素十分重要，一件藏品不仅要有好的品相，还要有点石成金的命名和相得益彰的配座。"鹰回首"是它的形象写照，名字还可以，不雅也不俗。只是，要配一个什么样的底座才能配得上它呢？

况且，它也是生命，这只鹰！它是活生生的生命，它有生命特征，它的姿态、它的眼睛说明了它是有生命的，即便是石头。《红楼梦》里的那块弃石不是经过日月精华而有了灵性吗？这块回首的鹰石，应是开天辟地的造化，它和人一样同是造物主的缔造，为什么不可以有生命呢？

它更应该有一个好的环境和归宿。

我当为它提供。

求一石易，养一石难。行家告诉我，你的石头果然奇妙，但是一法一结果，养不好只是块废料，放哪儿都嫌碍事。配座有学问，收藏也有学问。你要以石为友哪，经常用手抚摩把玩，使人气和体润渗入石肤石体，时间长了即可形成包浆，包浆越凝重赏玩价值越高；要注意不能损坏石体，不能用油蜡之物涂抹；还要定期进行清洁和水养，尤其是定期用净水浸润，不仅有利于保持石头的色泽与形象，也有利于保持它独特的音韵和生气。这样，它就会像活的一样，每时每刻伴着你了。

我感谢行家的指点。我暗暗计划着给它一个怎样的"家"。

可是，以后的日子里，我忙于奔波，忙于生计，忙于事业，也忙于无谓的应酬，渐渐地把它淡忘了。这期间虽然有几次想起，想起我还没有给它配座，没有给它安家，更失于润养，时不我待，必须做了，竟然都没有实施。自然客观的原因是"忙"，诚然也因为我手懒，我想我灵魂深处是否没有真正的、足够的重视它呢？

今天，我再次陷入苦恼，我的"景区发展计划"被搁置了这么多年，实现已遥遥无期，风云际会的九里山依然孤独寂寞。我明天就要离开，重返我原来的工作系统，以一个退下来的"老兵"身份去编写"部门志"，与我的又一个"理想"渐行渐远了。我仰卧在沙发里，突然就看见了我的"鹰回首"，看见它可怜的表情。它还是回望着。它望些什么，想些什么，我无从得知。不过，它是否知道，它的往事也是不堪回首的。或者，它亦有快乐，它是用快乐磨砺它的痛苦，用阿Q精神洗涤自己的愤怒。

它在怨恨我吗？是的，它一定在怨恨我。它怨恨得有理。我发现了它，而又疏于它，埋没了它，这与不发现它有什么区别？如若我当初不发现它，如若玩石的行家的熟人也没有发现它，它仍然呆在碎石渣滓里，或者深埋地下，它或许没有这么多的烦恼呢！

我深深地自责着。

夜幕降临后的路程

　　在姥姥家的院子里,我就看见天黑下来了,像一块黑布蒙在了天上,也像那天我饿昏了头眼前一片昏暗什么也看不见。老鸹就在院子那边的树上叫,嘎嘎嘎,难听极了。我很是害怕。我胆子小,娘说我是"耗子胆",前世被妖魔鬼怪吓破的。不管咋说,胆子不能犟,胆小就是胆小。我说,娘,咱在姥姥家住吧?娘说,走,你妹妹还在家,你西院的大奶奶哄着,咋能不走呢?娘背起一个口袋,鼓鼓的,装满着干红芋叶子。娘又给我一个,是小一些的口袋,都是破布缝的。姥姥的手不怎么巧,干得发黑了的红芋叶子从口袋的边缝里露出来,和着黑了的天,就像小鬼小判儿的手从那里伸出来,要掐我的脖子。我说我不背,我背不动。娘说,背不动能吃动吗?能多拿就多拿点儿,多吃一顿是一顿。我嘟嘟哝哝说,我怕走夜路。我又说,娘,咱在姥姥家住吧?娘这回生气了,吼我,你不走大仙就来抓你! 娘给我说过,姥姥屋里住着一群黄鼠狼子,黄鼠狼子是大仙,它能把别人家里的东西搬到家里来,让你一夜暴富,吃不了用不清,享不完的荣华富贵；它也能把家里的东西搬到别人家去，让你立马穷得日不聊生，吃不完的苦受不完的罪；它还能把得罪它的人折腾死，抽筋扒皮，拉到坑里喂鱼。我对黄鼠狼子就敬畏，就害怕，一听到黄鼠狼子就头皮发麻，生怕被它拉到坑里去。我赶紧背起小口袋，抹了一把眼睛。姥姥就训娘，说，你咋这样呢？有这样吓唬孩子的吗？他本就胆小，你吓着他了咋办？娘就笑，拉了我一把，说，走吧，回家我给你弄红芋叶子窝窝吃。我肚子早已咕咕响了，一听说有红芋叶子窝窝吃，转脸忘了害怕，跟着娘出了姥姥的家门。

记得那天天黑得对面看不清人的模样，我一会儿闭眼一会儿睁眼的一手攥着小布口袋，一手拽着娘的衣襟，娘走多快我跟多快。我的鞋被我的大拇脚趾顶出了个洞，路上踢着了几个大坷垃，这洞就张成了蛤蟆嘴，五个脚趾头全拱出来了，鞋子就不再跟脚，走路特费劲儿。才出庄，我就累得不能走了，大口大口喘着气。娘说，真无用，还指望你光宗耀祖呢，你就这样光宗耀祖？我不说话，可我心里想，我才不光宗耀祖哩，我只想吃红芋叶子窝窝！

姥姥称我们的庄子叫"湖里"。我们庄离姥姥的镇子八里路。是"老八里"，其实有十里还多。中间只隔一个庄子，而且这个庄子离我们庄近离姥姥镇子远。就是说，从姥姥的镇子到中间的那个庄子，是一个大"漫洼子"，六七里路没有人烟，是河渠、树林和田地，田地里净是坟子，弯弯曲曲的土路两边也都是密密麻麻的坟子。娘曾经说过，姥姥镇子这边是个"杀人场"，日本鬼子在的时候，一次就杀几十上百的人，都是撂在这里的，没头的，腰斩的，没有一个是囫囵尸体，都是"凶死"的、冤死的，他们阴魂不散，常常弄出动静来，吓得人魂飞魄散。娘是明明知道这些的，娘说她都认识那些被杀死的人，可是她却一点都不害怕，坚持着摸黑往家赶。真的！娘你也是知道我胆子小的啊，你胆大你自己走啊，为啥还拉着我？你咋就这么狠心，让你儿子怕得不敢睁眼？

不敢睁眼却老想睁眼，越是害怕越是左瞅右看。娘肯定知道我此时的情景，就找我说话。我不说，我怕一说话就想哭，哭烦了娘准得挨揍。娘不管我搭理不搭理她，只管说。娘说，姥姥家过去是大户人家，姥姥的娘家，就是娘的姥姥家也是大户人家，他们都有吃不完的洋面大米猪头羊腿。一听说有吃的，又是好吃的，我来了精神，抬起脸，问，姥姥咋有那么多钱啊？娘说，姥姥家是做生意的，外爷爷的老家是山东济宁那边，贩白布来到咱这里，在镇子里开了商号，有几进院子呢！我说，我咋没见哩？娘说，你没见前边的医院吗？那就是姥姥家的前院，一解放，你姥姥就给政府了。哦？我不信，姥姥不会有那么大本领，她咋会盖那么多房子？姥姥的身体很娇小，力气也小，让她背筐土都不行的，那一片楼瓦雪霜的，咋会是她的呢？娘说，你不信吗？你外爷爷有本事啊！咳，越有本事越不走正道，他鬼捣眼似的就吸上了大烟。我问，啥是大烟？娘说，大烟是毒品，吸大烟就是吸毒。我说，吸毒？毒能吸吗？咋看着是毒还吸的呢？娘说，你不懂，吸大烟上瘾，瘾来了不吸不行，不吸就能死，能难受死。我似懂非懂地"噢"了一声。娘又说，民国是戒烟的，逮着吸大烟的就蹲大牢，就枪毙，你外爷爷还是吸。他就被逮住了，蹲在徐州的监狱里。你姥姥卖了多少生意，弄钱救他。找了西街的旅长，旅长给说了情，眼看就放出来了，日本人就进了徐州，日本飞机轰炸了徐州监狱，你外爷爷就被炸死了。我当时就想，日本人为啥来咱中国呢？又为啥轰炸监狱呢？外爷爷死了，外爷爷死得一定很难看。外爷爷血肉模糊，浑身被炸得都是窟窿，或者脑浆迸裂，死无全尸。我想想又害怕，拉起娘的破袄，盖住头，把脸贴在娘的屁股上。娘嚷我，没用的东西，怕啥？人死如灯灭，啥也没有了，有啥怕的！娘把衣襟收回，我的眼睛重新看见天幕下的黑暗，看见满世界影影绰绰的物体，那些物体好像都在动，像想象中的鬼影。

娘也许是为了给我壮胆，继续讲姥姥家的故事。娘说，姥姥就一直守着她和舅舅，剩下的生意就让给了后来搬了来的另外的舅舅。我有个疑问，在肚子里憋了好久，我想问，姥姥家那么有钱，姥姥家该是有白面馍馍吃的，可是她咋给咱红芋叶子啊？我没有问，没问这个话却问了别的话，我问，姥姥咋不回济宁呢？娘说，娘的姥姥家就在北庄上，娘的姥姥家照应着姥姥；再说，娘也要姥姥照应。舅舅考上南京的财校，毕业就要求到济宁工作了。你姥姥早晚要走的，眼下不能走，姥姥走了，咱连红芋叶子也吃不上了啊！娘说着，叹了一口气。

我不想再听娘说话。我觉得娘说的都不着边际。我的心早已跑到黑暗的旷野里了。我的眼睛就"搜索"起来。

想象中的鬼影出现了！在我们的左前方，离我们三四杆子远的地方，明显的是一座坟头，那坟头凸出着，现出一点白。在坟头的一边，一个比天色更黑的影子晃动着。

我敢断定,那是一个新坟子。新坟里埋着一个刚刚死过的人。刚刚死过的人面目峥嵘,绿色的,难看极了。刚刚死过的人从新坟里出来了,他(我看见那是个男人,凶神恶煞)向我和娘伸出了舌头,舌头红红的,有半杆子长,眼珠子也耷拉下来,滴着血。他朝我们走了两步,又弯下腰去,抓了一把土,"唰"地撒过来。我感觉到了土屑落到我头上,尘土迷了我的眼睛。

我的腿软了,一条腿就跪了下来。我想大叫"娘!"可是没有叫出声,没有声音发出,嘴张着,眼瞅着那个黑影,真正吓傻了。娘可能也看见了,一把抓紧我,拉着我,我的一只鞋就掉了。娘说,别怕,孩子别怕,别、别怕!娘的声音很低,低到只有我能听见。娘拉着我急急地走,因为我几乎瘫了,娘想走也走不快,半天没有挪几步路。对于当时的情景,有些细节我现在是忘了,不过我清楚地记得我娘情急之中,颤声祷告起来。娘说,老赵大叔,你是好人,你别吓唬俺娘儿俩,你活着为人,死了为鬼,你在那边好好过活吧,你爹被日本鬼子挑死了,你娘被日本鬼子糟蹋死了,你奶奶上了吊,你咋也上吊了啊?你是饿得受不了了吗?可天塌砸大家,你咋就寻短了?你给俺家看柜台那阵儿,俺没有亏待过你呀,你可不能这样,俺孩子胆小,吓病了这年月叫我咋办?不知是娘的祷告起了作用还是怎的,那个鬼影没有了,坟头也看不见了,都被我们甩在后边了。我重新站好了,腿也直起来,不抖了,光着一只脚,迈着碎步,跟着娘继续走。我满头的冷汗,浑身的酸味,腿肚子疼疼的。我抱怨娘,我说在姥姥家住你偏不住!娘又来了精神,训我,怕啥?啥也没有,自吓自,怕活人不怕死人,知道不?

我和娘拐了个弯儿,踩着不算坚硬的土地,往东南方向走了约半里路的光景,就到了那条古老的河。这条河不是黄河,不是运河,却是黄河的支流,运河的汉子。1957年微山湖发大水,政府号召当地人民修了苏北大堤,这条河的下游被拦腰截断,就废了。废了的河道因生态的改变而变利为害了,雨季河水外溢灌饱两边的田地,旱季河底则张开大嘴吸干两边地里的水分。我们回家,出姥姥的镇子不远,就要过河的那岸去,顺河那边的一条官道再往东走。河上没有桥,出了镇子就没有桥,说没有桥也不对,有一座"水漫桥",就是"桥"很低,河的两边因便于过车走路铲出斜坡,铲斜坡的土便堆在河底,接头处篷了几根木头,算是"桥"了。河里水少的时候倒还好,潺潺的细流从"桥"下经过，时有白花花的鱼条儿悠哉游哉，很有几分景致，可是雨水一多，河里的水立即涨上来，"桥"就被淹没了。时候正值初冬，少雨季节，河底是干涸的。娘知道河底是干涸的，抑或因我们慌不择路，没到"水漫桥"就提前下了河坡。

河坡上没有砍掉的荆棘铁丝网一般，阻拦着我和娘。我不怕荆棘，荆棘再厉害只不过是荆棘，它没有魂灵，不是鬼怪，不会吓唬人。我心里想着，我们只要一过了河，鬼影就不能吓我们了，鬼不会过河的，鬼不过河，我就不会再害怕了。所以，荆棘算个啥？我用手撕，用身子冲。娘也是，娘还是拉住我，帮我蹭开锯齿一样的荆棘，冲到河底。我手上、身上都很疼，荆棘把我划疼了，我的小袄被划破了，手也划出了血。

河底更黑，只恍恍惚惚看见有一道微白的线，那是河里有水的时候附近的人逮鱼虾留下的土埂。我们顺着土埂不管三七二十一地往前走。

忽然，我的一只脚被什么给卡住了，怎么也拔不出来。这时候的我完全被恐怖笼罩了，我以为后面的鬼追上来了，河里的鬼又捉住了我，我是被鬼给卡起来了，卡得我一动也不能动。不能动身子我就喊，我哭着叫娘，声音撕裂得没有人腔，连我自己都不相信那是从我的喉咙里发出来的。娘哆嗦着声音，叫道，别、别慌，真无益（方言，无用），使点儿劲，拔出来！娘说得却很坚决，一边就拉我的胳膊，把我的身子拽得成了歪脖子树。我也趁着娘的劲儿，哭着往外拔。好像我的脚被谁拉住了一样，比黏胶粘住还牢。娘火了，她大概也害怕了吧，呵斥我，故意把声音放得大大的，嚎啥嚎？再嚎我劈了你！还骂了许多很难听的话。后来娘说，就是她这一阵咋呼，把鬼给唬跑了。娘说，鬼怕恶人，你越怕它它越缠你，你怕得很它缠得很，你不怕它它反过来就怕你。我想也是。那天我的脚被干裂的地沟子卡住了，越是想拔越是拔不出来，娘把我拉成歪脖子树。我的脚脖子痛得断了一般。娘的骂声使我停住哭声。就是这一刻，鬼影在我脑子里无影无踪了，我猛力一蹬，脚便拔了出来。我拔出了脚，却走不成路了：我的脚脖子被扭得立时肿了起来。我蹲下身子，抱着脚脖子，"哎哟哎哟"直叫唤。娘说，把口袋给我，快走，这儿……我明白娘的意思，赶紧跳起，一拐一拐地跑上河岸。

我后来问娘，那里有什么？娘告诉我，那一河筒子都不干净，都是冤死的鬼。娘说，就是我卡了脚脖子的地方，那年镇上一个剃头的理发匠一听说日本鬼子来了，出了镇子就顺着河往东跑,结果在这里被日本鬼子逮住了。日本鬼子咿哩哇啦一阵子,然后有个翻译就问他是不是八路军,他说不是,日本鬼子又咿哩哇啦一阵子,翻译就骂,妈拉的巴子的,不是八路你跑什么？一个日本鬼子挺着刺刀一下子就刺透了他的心,一搅,挖出了心脏,洗巴洗巴就吃了。我想想就作呕。我大惑不解,问娘,日本鬼子是鬼吗？娘说,是人。我更加不解,是人咋吃人心呢？娘说,他们就那样,他们逮住鸡鸭鹅禽,三下两下,褪了毛,在火里燎巴燎巴就吃,吃出两嘴角子鲜血,鲜血从他们嘴里一滴一滴滴下来,还嗷嗷大叫,嘎啦嘎啦大笑。娘说,你是不知道那是过的啥日子,天天跑,时时都有死的危险,咱中国人真遭了罪了！如今虽说困难些,天灾啊,还债啊,可这是暂时的,咱以后会好起来的,会电灯电话楼上楼下的,会的,准会的！娘说得很确定,把我当时渴望吃红芋叶子窝窝的心又挑起来了。

我一路心惊胆颤,紧紧拉着娘的衣襟,骨碌栽跟头地跟娘走。快到中间那个村子的时候,是一片桃园,桃园里更黑,还有唰唰的风声。娘把两个口袋背到一边肩上,腾出一只手薅着我。我们一声不敢吭,我和娘的脚步声就在后面跟着我们,"踏踏踏",每一声都揪着我的心。我怕极了。

就在这时候,突然蹦出一个黑影,"噗咚"落在我们前边了。娘"娘哎！"一声,坐在了地上。我吓得一愣怔,身上出了汗。

可是我这次却陡然长大了似的,很快镇静了。那是个活人,他跳起来有声音,我听见的,鬼不会发出脚步声来的。是人,我怕啥？我不怕人,我是小小的男子汉,我敢跟他拼。

过了一会儿,那个黑影说话了。他说,我是东庄的大孩,我是等人一路回家的,我害怕桃园里的乱葬岗子。

他原来是我本家的大哥。娘缓了一口气,骂他,娘的脚丫子,你吓死我了。我也喊他,哥。娘问他从哪里冒出来的。他说他是从河工工地跑回来的,想回家看看媳妇,媳妇叫人捎信说她病了。娘又问他,你叔呢？大孩的叔就是我爹。他说,没、没见。说得吞吞吐吐。娘起了疑心,接连问,你叔咋啦？你叔咋啦？你叔咋啦？大孩终于说,俺叔跑了。跑了？娘问,跑哪里了？他说,不知道,八成上东北了。娘不相信,我也不信,爹是干部,当干部的还能偷跑? 但是他说是真的,工地也挨饿了,俺叔就汇报说工地没有粮食了,上级不相信,说谁谁谁才说的,在这干一年都有吃的,咋会没几天就没有了呢? 说俺叔右倾,批判他,饿他,俺叔没有法了,就跑了,一定是闯关东了,都说东北好混,能吃饱饭。

娘这一回是瘫在地上了,她"娘啊娘啊"地哭起来,还一边数落,你跑了,你一跑就了了,俺娘几个咋活啊? 你出门碰炮子儿的,你不顾俺的死活啦,你没心没肺的,你……

我又哭了,拉着娘,说,娘,咱回家,娘,咱不怕,娘,咱能活,娘,咱能活得好好的,娘,咱走吧!

娘不走。娘老是哭。

娘最后还是站起来走了。我和大孩哥一边一个扶着她,大孩哥还替我们背着两口袋干红芋叶子。

夜是那样的深,天是那样的黑,我们脚下的路磕磕绊绊,走起来是那样地艰难。

可是,当我抬起头远眺东方时,有一抹亮光分明已经出现,渐渐地便可以看见前面小路的轮廓了。

远眺父辈的坟茔

一

我们这里称伯父为大爷,二大爷也就是二伯父。我二大爷是今年(2009 年)早春去世的。那几天天气老是阴阴沉沉,风很大,有些倒春寒,要穿很厚的衣服,外面再罩上孝衣,鼓囊囊的,我们这些晚辈越发显示出虔诚笃孝。出殡那天,却是风和日丽,春意融融,河边路旁,偶有花儿绽放,奇怪的是,竟都是些白花,正合了我们的心情,似乎草木也为之悲痛。

二大爷是黄埔军校的毕业生,我小时候从他或者别人的嘴里知道,他一出校门就是少校团长,但是也许他注定不能成为将军,第一仗就被日本侵略军打散了,后来做了"国军"的文职官员,在军报里工作,1948 年淮海大战溃退四川,在四川投诚,后转业地方,在我们乡当文书。那时的文书很重要,是乡政府"三大员"(乡长、文书、乡队长)之一。可见,二大爷是很受重用的。在我的印象里,二大爷很和气,人很低调,即使他得以"平反"，即使他带领村民查村干部的账，他对人也是非常的谦逊。可是，却也有人说他当乡文书的时候趾高气昂着哪。我爷爷种着他家几亩地，据说是我大爷爷、也就是二大爷的父亲几次求我爷爷代种的，大爷爷说他家里的儿子出外了，没有劳力，不种就废了，就没有粮食活命了，求我爷爷看在亲兄弟的面上，把地给带种了。爷爷种了两年，赶上二大爷回乡当文书，二大爷操着南腔北调，说，妈拉的，我的地怎么能让别人来种？二大爷没把我爷爷当叔父看，我爷爷很生气，把地给了他，不久就合作社了。这些是不是事实我不清楚，不过我宁肯信其无，二大爷对我一向很好的，我忘记不了。我的族名就是二大爷给起的。那时候二大爷已经不是乡文书了，他被清理出了乡政府，在生产队里做了社员，因为文化人少，庄上办小学校，他就做了老师。那天我去上学，二大爷问我家里给起大名没有，大名就是学名。我说我有名字，叫平心，平心凭良心。二大爷笑了，说，那是小名，乳名，我给你起一个吧，你是广字辈，就叫广慧吧，广大智慧，将来做国家栋梁。可见二大爷对我是很用心的，由对我的用心，推论他的为人，他怎会像人传言的那样呢？

现在的二大娘是二大爷后娶的，有文化，有见识，很疼我；而前一个二大娘也很疼我。听父母亲说，她喜欢抱我，乖乖地叫。她是南方人，大学生，心思细腻，温柔有加，由于不能生育，把她的母爱都给了我这个族里当时来说唯一的一个在乡土上的孙子了。她和二大爷离婚的日子里，更是视我为珍宝，每每给我买吃的，我吃着还要拿着，不然她就"生气"。我尽管不记得这些，可我直到现在仍很想念她，不知她老人家是否还健在，她老年幸福吗？二大娘的行为应该就是二大爷的言传身教耳濡目染的结果，这一切说明，二大爷是不会做出上边说的那种事情来的。传言和事实毕竟有区别，有距离，有时可能是相反的。

如今二大爷走了，他虽然活了近百岁，可仍然不该走，如果不是四五年前的那个意外，相信他依然精神矍铄，村里的街头田边还会有他不高不低清清晰晰的说话声，有他干练瘦削却不失健壮的身影。那个意外是车祸。二大爷晚年很享福，二大娘对他的体贴照管无微不至，他的长寿其实就是二大娘的杰作，二大娘使他养成了良好的生活习惯，每天晚饭都是早早吃的，这在乡下，在偏僻如我们小村庄，是绝无仅有的，吃

阳台上的花

罢晚饭，都要在村后的公路上溜达，二大娘年轻，二大娘陪着，想着法儿让他高兴。这天晚上，在离村子一里许的小桥上，突然就有几辆自行车闯来，他们是一群中学生，放了学从镇上中学匆匆往家赶。其中一个有些慌张，车把没掌握好，撞了靠栏杆的二大爷。二大爷被撞倒了，顿时失去知觉。可是他很快清醒过来，醒来的第一句话却问，孩子咋样？他是担心那个学生掉桥下去，有个好歹。二大娘说，孩子没事，救护车来了，快去医院吧！二大爷听说孩子没事，舒了一口气，想动动腿，就怎么也动不了啦。二大爷的腿被撞断了，二大爷不要人家的钱，说一个庄户人家，哪来的钱？咱还有国家给的工资，再说了，有什么大不了的，不就是腿断了吗，腿断了我才落得清闲，"告老还乡"，好好养老。二大爷就此卧床不起了。二大娘寸步不离，吃喝拉撒，精心服侍。二大爷好转了，二大娘又背进背出，晒太阳，到花树丛中呼吸新鲜空气。之后买了轮椅，二大娘几乎每天都推着他村前村后地转，有时还去镇上。二大爷走了，二大娘很悲伤，一把一把地抹泪，她对我说，你二大爷没有受罪，一天也没有受罪，他走得很平静。果然，我看二大爷时，他的眼闭着，脸是红润润的，笑眯眯的，像睡着了一般。

二大爷的坟子选在村南的麦地里，是他家的责任田。从村里的十字路口一直南走，有一条路通到煤矿，二大爷就在路西找到了他永远的归宿。

葬了二大爷，我脱去孝衣，向二大爷的坟子磕了三个头，站起身默默地走开。我又往南走了一段路，站在一条田埂上，回望二大爷安息的地方。麦苗儿正要返青，腐朽了的稻茬子似乎在矮化着自己，甘心化作麦苗儿的肥料，供麦苗儿苗壮成长。它们知道逝去的总将要逝去，能让麦苗儿繁茂就是尽了自己最后的责任。麦苗儿十分理解，于是把理解变成奋发，努力用"长高些再长高些"报答稻茬子的无私，践行"后浪推前浪"的时空之约，实现"创造一个新世界"的美好愿景。不是吗，我甚至能够看见它们抖动的肩膀，听见它们舒展骨节发出的声音，麦苗儿确实在生长着。西斜的太阳照耀着大地，村庄，树木，田野，偶或的牛羊，还有那几个一锨一锨筑坟子的人，都像在一幅水墨画里。这一幅画很悲壮。其实，死就预示着生，活着的人为死了的人"安家"，活着人的心灵也就有了"家"，有了"家"的活人就有了生气，筑坟子的锨就可以开天辟地、兴家立业了。

我慢慢移开视线，下意识地就看见了父亲的坟。

二

父亲的坟子在东边,和二大爷的坟子一路之隔。父亲的坟子上有黑乎乎的痕迹,那一准是因为坟子上长满了草,坟子所在的责任田主人为方便便烧尽了上面的草,留下了灰烬。父亲的坟子孤零零地躺着,坟子往东有一条南北小河,河东岸是路,路上有个人匆匆而行。父亲的坟子是那样的不堪入目了,我有些心寒。而西边二大爷的坟子正在一寸一寸地长高,有人在坟顶插上了纸幡,插了纸幡的坟子使人恐惧,也使人敬畏,很容易让人联想坟子里人的音容笑貌。父亲去世的早,他自然会被人遗忘;二大爷刚刚下葬,他还是人们茶余饭后的话题。父亲的坟子已没有了阴森感,所以人们想怎么糟蹋它都无所畏惧;二大爷的坟子在人们的心里是一个新的领域,活着的人还会保护它,或者敬而远之,畏而避之。

但它们都是单坟,都是远离老坟的孤立的坟茔。我不知道我的族人为什么不把他们葬入老坟。其实,我爷爷奶奶葬的就是单坟,二大爷的父母也没有入老坟。嗨,一定是什么迷信妨碍了他们入老坟,剥夺了他们死后与先人团聚的权利。我忽然想,是不是与父亲和二大爷的信仰不同有关呢?

父亲是共产党员,二大爷是国民党员;父亲是革命干部,二大爷曾经是"历史反革命分子"。虽然父亲的"革命干部"也没有"红"多久,但历史却给他们、给他们的周围留下黑厚的阴影。我爷爷奶奶去世时,我大爷爷大奶奶去世时,一定是"泾渭分明"的年代,族人为了平衡两家的关系,才一概不让入老坟。于是,到了父亲去世,到了二大爷去世,依例而行,就都单独埋葬了。

父亲也是淮海战役的"遣散者",不过他不是被打跑的"国军",而是一名因打摆子无法参战的解放军战士。父亲被遣返原籍,父亲是奄奄一息时被人抬着送回来的,他的嘴干得裂了口子,有殷殷的血结了疤。我爷爷看到这情形,慌了神,只说没救了。据说那时我大爷在河南,是发了誓不混出人样子不回老家的,远游的儿子等于不是儿子,老二回来了却是这样子,老人家如何不痛心?爷爷怀疑他得的是伤寒病,这种病到了这个程度哪还有希望!不料父亲的嘴唇动了动,若有若无地说"渴",又说要喝冷水。

爷爷知道伤寒病喝冷水那就是喝毒药,不给。父亲后来竟能动弹了,能动弹的父亲自己爬着,趁爷爷和家里人不注意,爬到水缸旁,扒水缸支起身子,咕嘟咕嘟喝了一阵子。他心里兴许不热了,回到地铺上,静静地睡下。父亲奇迹般的好了,身子骨恢复得很快。

父亲当了革命干部,父亲的职务也是乡里"三大员"之一:乡队长。乡队长在那个特定的时期很有权力,相当于现在的乡派出所长、武装部长、综合治理办公室主任、民兵团长甚至法庭庭长等集于一身。父亲的工作是不要命的,是把脑袋背在肩膀上时刻有丢掉危险的差事,因为那时特务遍地,土匪横行,国民党军队的小股武装时常骚扰,共产党的政权刚刚建立,立足未稳,不断有干部被杀害,许多人不敢出来工作。

父亲在乡队长位子上和以后到任的乡文书二大爷有多少冲突,我不清楚,也没有人谈起过。然而,我想冲突肯定存在。关于我父亲和我二大爷的复杂关系我也许以后会谈,而现在还是讲讲我父亲的故事吧。

父亲有一天差一点儿遭了黑枪。那天他从县里开会回来,到家已是小半夜。在没进家之前,穿过一条黑咕隆咚的小巷时,突然有个人影一闪,就听"噗嗤"一声,无声手枪打过来。幸亏父亲警惕性高,他偏身一躲,隐在了墙角,然后掏出枪来,"乒!"朝天一枪(为什么要朝天放枪? 父亲的解释是,因为是在庄里,他怕伤及无辜,那个放黑枪的家伙又是猴子一样,不好瞄准,所以没有横扫,也没有直射),那家伙路挺熟,三拐两拐没了踪迹。父亲怀疑是本村人,可究竟是谁,他始终不知道,到死也不知道。

有一种人官越做越大,还有一种人官越做越小。我父亲属于后一种。

随着时间推移,天下逐渐安宁,乡队长的角色就不需要了。父亲个性特强,做事认真,只要上级布置的,他都不折不扣。但是他也"抗上",不论多大的领导,他认为不对的,都与之"理论",有些按照组织原则执行了,事实证明领导布置有误的,他就直言不讳,他说那是"批评和自我批评"。领导却不这么认为,领导认为是他有意让领导难看,是给领导"下别腿",是"目无组织"、"不尊重领导",不和领导保持一致。比如,他就和当时的县长干上了,这样的下级哪个愿意使用? 乡队长的角色不需要了,乡队长的职能被几个职务分担了,以常理,父亲不升迁也就罢了,至少要担当其中的一个职务吧。

可是，父亲被撸下来了，被派到了我们村所在的那个片，让他组织合作社，美其名曰"艰苦的工作需要我们去做，是领导信任你"。父亲无怨无悔。他如何会有怨有悔呀？他相信领导，相信章程上的话，相信报告里的语言，他是一个心眼，只信仰共产主义。父亲开辟了全县第一个农业生产合作社，他当了社长，后来转了高级社，他还是社长。这时要是回乡政府还是有可能的，我父亲却不想回去，也有人不愿意他回去，那就在社里呆着吧。人民公社化的风一吹，乡政府成了公社，高级社改作生产大队，父亲成了大队干部，吃不上"定量"了，又逢上固定供给制，体制分全民和集体所有，父亲就被给"集体"住了，彻底变成了一个农民。

父亲一生中"最伟大的壮举"莫过于"逃跑""闯关东"。父亲被停职以后，老天不给"积极分子"作美，降下自然灾害，吃饭成了问题，虽说办了公共食堂，"吃饭不要钱"，可是没有粮食也免不了挨饿，"一天吃一顿，饿不死炊事员；一天吃一两，饿不死炊事长"，不是炊事员、炊事长的怎么办？父亲不愿等死，他对我母亲说，他要"逃跑"，闯出一条活路来，然后再把我们娘儿三个（爷爷奶奶都已经过世，那时父母还只有我和大妹妹两个孩子）带走。当时的政策是不准人外出的，抓回来就当地富反坏右斗争。我依稀记得那是一个月黑天，父亲抱抱我，又抱抱大妹妹，然后摇了摇头，轻轻拉开门，就消失在黑暗中。父亲跑到黑龙江，混得不错，由于他本身的素质，显示了他的修养，黑龙江某单位看出他的"实力"，问他是不是共产党员，父亲当然不能承认。父亲不承认，人家却默认，让他当了车间主任，还准备委以重任。父亲却"动摇"了，他怕自己的党员身份"露馅儿"，到头来落个党纪处分，一年后不辞而别，悄悄回到村里。

三

父亲那一年退下来，说是"退"，其实没有退休金。父亲没有福，假如再多活几年，他一定会拿到工资补助的，他是乡队长，政府承认了这个职务的历史存在，于是也承认了这部分人的退休权利。二大爷曾经对我说，你爹亏，你一家人都跟着亏。二大娘也说，该去找，至少你娘能享受。可是我和我的弟弟妹妹们，没有这个"找"的习惯，我们不想给任何人或部门增加麻烦，我们生活的还可以，我们不需要谁的照顾。

父亲一辈子为他的理想和信仰奋斗,"退"下来也闲不住。村里要搞个复合肥厂,支书请我父亲操办筹建,我父亲夜以继日,把他的老命交给了这个集体企业。父亲在"退"下来和接手筹建复合肥厂之间,盘下了矿门口的一个小商店。本来生意做得好好的,而且越来越红火,却一听说村里有企业要他负责筹备,撂了,不做自己的了,我母亲那个唠叨,可想而知。可是父亲不管不顾,"一意孤行",好像集体才是他的家。

父亲死在村复合肥厂试运行的前一天。

起初,父母因为父亲的"集体高于一切"而不和,父亲从家里搬出来,住在盘来的小店里。小店四面透风,父亲怕冷,就生了煤球炉,结果,中了煤毒。我闻讯赶来,把他送进医院,住了一段时间,痊愈了。我们不懂,我们不知道煤气中毒很容易复发,只要一触及煤气源,就会中毒。一两个月后的一天夜里,父亲第二次煤气中毒,我们又把他送到医院,也好了。我们以为父亲定是有其他毛病,让他多在医院住几天,一次又一次给他体检,没有查出什么,我们都放心了。

父亲再次复发是在这年深冬,这一次就没有好,不给抢救的余地,他与世长辞了。

复合肥厂建成了,明天就要试生产,父亲很高兴。晚上支书来检查准备情况,弄了酒席,父亲因为身体缘故,没有喝酒,但是陪着聊天,聊到深夜。父亲说困了,就回到小店。母亲还没有走,看我父亲来了,又开始了她循环往复地唠叨,唠叨到半夜,她回了家。父亲给煤球炉压了火,提到一边去,他已经闻不得煤气了,一闻就头晕,喘不过气来。然后父亲睡觉了。父亲有很多心思,有兴奋,也有烦恼,有憧憬,也有懊悔,有远见,也有短视,有恩也有怨。父亲却累了,无论兴奋与烦恼,无论憧憬与懊悔,无论远见与短视,无论恩与怨,他最后都抛到了脑后,渐渐地睡去了。他睡得很吃力,很难受,他必是梦魇连连,没有笑容,有的只是眉头紧皱。他抽搐,脑子一片模糊,浑身从头到脚大汗淋淋,几近虚脱。他想喊,却叫不出声音,想爬出店门,却瘫软难支。他还是坚持住了。待到雄鸡啼明,东方发亮,有人从小店旁边经过,发现了里面的异常,通知了我们,我和妻子和母亲把我父亲抬到车上,到了镇医院,所有的医生都提前上班,我们架着父亲,给他做了透视。医师说,太异常了,太异常了,肺里竟看不到任何东西!医生马上组织抢救,可是不幸的是,医术高明的院长居然慌乱得忘了开启氧气阀门,父亲的呼吸停止了。

父亲就这样走了，永远地离开了我们，永远地离开了他的集体事业。

二大爷几乎第一时间来到我家，看着逝去的我父亲，不住摇头叹气。二大爷说，他怎么该去呢？他怎么该去呢？我不知道二大爷的这个"去"指的是什么，是逝去，还是去筹建复合肥厂？抑或是在暗暗抱怨什么？父亲去了，父亲真的去了，我们不能不接受这个事实，我们必须接受这个事实，我们接受了这个事实就不愿意把我的父亲停尸时间太长，第四天，就隆重又简朴地办了丧事。这期间，年长我父亲十多岁的二大爷一直守在丧屋，没有眼泪，没有话语，只抱头坐着，苦凄着脸。他心里一定也不好受，他想的恐怕比我们想的还要多。

掩埋了父亲，我筋疲力尽，颓丧地拖着几不欲动的身子，回到一片狼藉的老屋。望着没有父亲的旧居，望着空寂无比的院落，望着屋内面貌全非的陈设，望着一个个仿佛陌生了的家人，我再一次流下长长的泪水，趴在铺着稻草的地上痛哭不已。

不知过了多久，二大爷的声音在我耳边响起。二大爷说，平心哪，你爹死了，死了就死了吧，人活百岁总有一死，死了他的理想就达到了，死了他的信仰也坚持住了，死了就可以盖棺定论了，一死百了，和世间的一切也就完结了。唉！

我抬起头，看见二大爷不说了，只大把大把地抹泪。娘坐在一边，弟弟、弟媳和妹妹、妹夫们或坐或蹲或站，分列两旁。我一时弄不清二大爷话的意思，疑惑地看他一眼。我看见娘也看他，看他的时候眼里就有无名的烈火几乎腾地燃烧。屋里的空气有些凝固。

平心的娘，还有你们。二大爷停了一会儿又说，不要以为我说话刺耳，这个时候，我能说刺耳的话吗？我说的是真话，人死不能复生，还得考虑一家人的今后啊，还有恁娘的养老问题。我和恁爹是兄弟，永远都是兄弟，他死了我们也是兄弟，我也死了我们还是兄弟。他对我家的孩子，我对你们家的孩子，都是一个样儿待的，都当作自己的孩子。我和恁爹小时候没有啥，我大他十来岁，我带他玩，他也听我的，他就是脾气不成脾气，有时候火暴起来翻脸不认人。谁没有个脾气哪？心里总是明净的，有自己做人的标准。他为啥给你起名叫平心？平心凭良心，还有要有一颗平常心，平静心，平和心，平等心,一碗水端平的心,平心两个字他想的好啊！我和他有距离,但没有矛盾。我那时候是"历史反革命分子",他怎么好和我接触呢？他想接触我我也不能让他接触,那样不毁了他吗？嗨,他这一生,本该做更大的事的,他是一心一意的呀！可是世间的事情就那么简单吗？事与愿违啊！有些事情,你们不知道,不知道就不知道吧,不知道省得心烦,心不烦才见天高兴,见天高兴才能过好日子哪。就是这么个理儿！

二大爷的话似乎不着边际,可我听了隐隐有一种亲切的感觉,有一种慰藉,我们对我父亲确实不了解,我们现在看来不如我二大爷了解得多,二大爷更理解我父亲,二大爷还知道许多我们不知道的关于我父亲的故事,二大爷真的是我们的亲人,永远是我们的亲人,血脉相连的亲人啊！

以后我从二大爷的零零碎碎的谈话里,知道父亲死的前一天晚上,支书带了一班人马,浩浩荡荡开进复合肥厂。支书宣布了复合肥厂的领导班子,宣布了厂里的大小组成人员,包括普通工人,二大爷也在场,二大爷是保管兼看大门,所有的人员里没有父亲的名字,父亲就沉默。父亲不想再干什么职务,父亲已经是"退"下来的人啦,他只想给集体多出一些力,为群众多做一些事。但是,父亲有气,村里不该这样待他,村里应该对他这个有功之臣有些安抚,村里却一句话都没有,他辛辛苦苦建起的复合肥厂明天,不,即刻起,就与他无缘了,他再宽容,他再伟大,他也不会没有想法。他带着受伤的心抖抖索索地来到小店,母亲不懂得安慰,母亲的唠叨使他雪上加霜,可恨的煤气适时地舞出了魔杖,恶毒地鞭打着父亲。父亲再也坚持不住了,父亲曾经对天长号,父亲最后毫不犹豫地走向地狱,实现了他生前常说的"我不下地狱谁下地狱"的誓言。

四

至于我父亲和我二大爷的恩恩怨怨,我说不清,也不想去翻那些陈年老账,历史的痕迹只是历史这个顽童吹泡泡吹出的飞沫,所有的伤痕都会被时间的砂轮磨平。

我从来没有把二大爷当外人,我结婚的时候很希望他能来,可是他没有到场,他只在头一天夜里派我二大娘偷偷地到我家,塞给我母亲一条被单和十块钱。有一次我在村后见了二大爷,他只说,你结婚了,结得早了些,才不到十八岁吧？会影响你的前途的。也不知你爹是咋想的！那时候还在"文革"如火如荼的年代，形势使他不敢和我家来往，我家也不敢和他家沾边，父亲虽然不十分在乎，可他是共产党员，他不能敌我不分，不能丧失自己的政治立场，不能给共产党组织抹黑。

二大爷终于得见天日，是他步入老年之后。那天，父亲电话告诉我，你二大爷的问题甄别了，他白戴了几十年的"帽子"，他哪里是历史反革命？ 没影儿的事，真的没影儿，没有人给他戴过。我说，这不成了冤案了？ 父亲叹一口气，冤什么案啊？ 他没有"帽子"，就没有冤案，档案里为准的。我不在家，对这些都不甚了了，可就是觉得二大爷冤，二大爷算什么呀？ 他早年就丢了职务，受了那么多罪，到头来什么都不是，想当冤案都不成，真叫人哭笑不得。我说，那二大爷不是白白吃了几十年的苦？ 父亲苦笑着，没说话。

五

太阳渐渐落下，暮色马上笼罩。远远地看我父亲和我二大爷的坟子，一个大些，一个小些，一个明些，一个暗些，一个新些，一个旧些，一个纸幡飘摇，一个灰蝶飞尽。无论怎样的不同，却都是一个结局，他们去了，永远地去了，他们的人变成了灰，他们的骨灰也将乌有。都说"物质不灭"，我却怎么也看不见。

我就要回城了，二大娘拉着我的手，说，平心，你爹给你起名平心是对的，你二大爷常常说，你爹是对的，平心凭良心，平平和和待人的心。你爹死了，你二大爷也死了，他们都死了，这是他们同归的路。他们没有亏谁，他们都会在天堂里永生，你信不信？

我说，我信，我信。

二大娘又说，叫你娘在老家过些时候吧，我们来日都不多了，我们想好好相处相处，亲亲热热到老死。

车子启动了，我将回我移居的城里去，开辟不同于父辈的生活，用新的方式来实现活着的人的意义和价值。走出好远，我禁不住回头张望，我看见二大娘依旧站在渐黑的田间，她的身后，模模糊糊的，是那两座各自孤单的坟茔……

二十年后又相见

20 年后的今天，她突然在我面前出现，并且提起那段往事。我说，对于东北，对于哈尔滨，我的印象非常糟糕。她很吃惊，愕然了好大一会儿，才说，你错了，东北的人很好，哈尔滨是一个美丽的地方。那时候我没有感觉到它的美丽，在我的记忆里，那是一个苍白的城市，寒冷像与生俱来，哪怕燃起 1200 个硕大的火炉，也驱之不去。

不能忘记那个深夜，我茫然地走在它的大街小巷，从大直街到安埠大街，从中山路到天一街，从中央大街到道外老街区，我不停地"轧"着冰封的街路，搜寻着可能出现的希望。然而，我明明知道那是完全不可能，就仿佛顺着惨然的灯光飞向遥远的天际一样仅仅是天方夜谭。我要找的朋友已经不在了这个省城，他因为替某个学生说了一句话而被迫辞职，而去了南方的一个小城谋生。我是从黑龙江省的另一座城市来到哈尔滨的。我家开办的食品厂生产的鱼罐头用集装箱运抵那个城市，结果"货到地头死"，他们硬是说我们的产品不合格，我们江苏当地的检验证明无效，被有关部门扣留了。那几乎是我家的所有啊！我赶到那座城市，但是交涉不起作用。我想起哈尔滨的一个朋友，他是在省里某机关供职的，正好可以帮忙。我急忙乘火车到了哈尔滨，可是万万没想到会有这么个意外。我失望了。不，我是绝望！我仿佛掉进万劫不复的深渊。我在街上不停地转悠。下雪了，又停了。太阳在灰暗的天边露了一下脸，畏畏缩缩怕冷的街灯稀稀落落。我走啊走，一颗冰冷的心无可控制地颤栗着。北方城市的夜是那么宁静，很少有车辆，更没有行人，只有我在徘徊，徘徊。忽然，我不觉得冷了，我的肉体已经没有了任何知觉，我的腿也不再迈动，直直地立在没有生气的天地间。

有人过来，是一个小巧的身躯。那人看了看我，说，怎么站在这里？

我看着那人，却不能言语。

啊，冻僵了！

那是个女人，说话的声音如清水滴在空空的铜盆里，响而圆润，翠而柔和。

我想努力告诉她，我没事的，可是却久久发不出声音来。

后来我知道，她是某厂的办公室职员，因年终总结赶材料而加了班，所以很晚才回家，路过这儿。当时她慌忙搀住我，把我扶到就近的一个小旅店，让老板给我打了热水，她还帮着老板给我熬了姜汤，看着我喝下去。

在她扶我进那个小旅店之前，她听了我几句断断续续地自述，说，你是关里来的吧？我说是。她说，你好像是山东人？我说，不，我徐州。她说，就是了，我们算半个老乡。她说，她的老家在山东，她的爷爷带着她父亲闯关东来到的哈尔滨，她虽然是生在哈尔滨，长在哈尔滨，她的叔叔、大爷、姥爷、舅舅全在山东，小时候她常常跟父亲回山东老家。她说，听老人说，徐州曾经属于山东。那意思，我们该是地地道道的老乡呀！她说，东北不同关内，无论是谁，见了流落在外的人都会往家里请的，不然会冻死。

看着我暖和过来，她好像舒了一口气。

就着灯光，我看见她是一个美丽的女子，不足30岁，瓜子脸，大眼睛，皮肤不白也不黑，成熟，稳重，大方，脸上写满了善良。听了我的遭遇，听了我对明天的灰暗想法，听了我准备在街头"牺牲"的打算后，竟噗嗤笑了，然后用她特有的甜美声调说，何必呢？哪里摔倒哪里爬，天无绝人之路啊，只要有人在，总是有办法的。她说，她叫小丽，大小的小,美丽的丽。她给我留了她的联系方式,我也告诉了她我的工作单位和电话。临别,她说,别灰心,我看能帮帮你不。

当然,她没有给我什么帮助,她后来说她实在没有能力帮我,但是要我振作起来,不能自暴自弃,更不能寻长寻短的。她重复她先前说过的话,天无绝人之路啊,只要有人在,总是有办法的。我记着这几句话,在东北跑了许多地方,佳木斯、汤原、绥德、双山、嫩江、吴县、黑河,可是一无所获,我的食品罐头还是抛在了东北。

许多年来,一说到东北,一想到东北,就是一个"怨"字,怨天,怨地,怨东北的人,那一次差不多完全改变了我家庭的经济命运,使我一落千丈,迟迟翻不了身。我对东北、对哈尔滨哪还有一星半点儿的好感?每每回忆,都没有小丽这个人。我被怨气冲昏了头脑,忘记了她这个美丽的女子,忘记了是她使我在生命的关头"起死回生"的感人之举。

我们再次见面,她说我错了,说东北的人很好,说哈尔滨是一个美丽的地方。我听着,渐渐地就信服了她的话,我清晰地记起那个夜晚,那个哈尔滨的生死之夜。不错,东北的人好,她不就是一个有力的证明吗?她人美,心灵也美,她应该是哈尔滨人的一个缩影,应该是东北人的一个缩影。地因人美而美,何况哈尔滨确实是一个美丽的所在呢!除去那天夜晚的灰暗和苍白(那是因为我的心情所致),它一直都是"东方小巴黎",亦被称为"东方莫斯科"。

在我国的行政版图上,黑龙江省地处东北边陲,就像一只振翅欲飞的天鹅,而省会城市哈尔滨,就像这只天鹅颈下一颗璀璨的明珠。白鸽飞舞,圣索非亚教堂传来庄严的圣音;阳光明媚,太阳岛唤起人们美好的回忆;欧陆情怀,中央大街的欧式建筑闪耀着东方巴黎的风采;银装素裹,冰雪大世界的霓虹引领梦的天堂;雪中驰骋,亚布力滑雪场堪比北欧;美丽的松花江蜿蜒穿过,涤荡着这座百年冰城,洗尽铅华,夜幕下的哈尔滨仿佛吟诗般讲述着它如梦似幻的前世今生。哈尔滨历史源远流长,是金、清两代王朝的发源地,"哈尔滨"这个名字就是从满族语"阿勒锦"转化而来,意为名誉、荣誉。19世纪末,俄国人在这里修建中东铁路,当时有30多个国家的16万余侨民聚集在此,经济和文化的空前繁荣使哈尔滨成了当时东北亚最富盛名的国际商埠, 中西方文化经典在这里融会贯通,世代流传。哈尔滨至今仍保存着很多欧式建筑,仅中央大街这条 1400 米的长街就伫立着拜占庭式、巴洛克式、文艺复兴式等多种精美建筑。雅洁明快的建筑色调,灯红酒绿、繁华如锦的都市风貌,一年一度的"哈尔滨之夏"音乐会,"冰雪节"国际冰雕雪塑比赛,以及"国际经贸洽谈会",处处折射出"东方莫斯科"的独特魅力。

哈尔滨冬长夏短,夏季凉爽宜人,冬季漫长寒冷,冰雪文化久富盛名,素有"冰城"之称。哈尔滨是冰雪旅游、避暑休闲的胜地。哈尔滨这里有亚洲最大的滑雪圣地——亚布力滑雪度假区以及二龙山滑雪场、欧亚之窗滑雪场等数十个设备齐全、规模完善的大型滑雪旅游场所。

哈尔滨自然风光旖旎多姿,这里土壤肥沃,森林茂密,江川纵横,有国内最大的封闭式狩猎场——玉泉狩猎场;大型的东北虎野生驯养基地——东北虎林园;太阳岛、二龙山、松峰山等名胜景区更是景色各异,数不胜数。

哈尔滨的人文建筑景观风格独特,格调鲜明,集北方民族风俗与中外传统文化于一身,既有代表本土宗教文明的文庙和极乐寺,又有造型奇特的各式教堂;被誉为"亚洲第一钢塔"的龙塔傲然挺立,熠熠生辉,是哈尔滨新的骄傲。

我油然记起蜿蜒的玉带般的松花江,记起霓虹灯下的冰雕靓影,记起对岸肃然而立的奇特建筑。是的,哈尔滨是美丽的,我忽然后悔当时没有多看它几眼,多呆它几天,将哈尔滨深深地印在脑幕上。

然而,我还会去的,去看望我久违的美丽的冰城!

寻找磨旗石

那是一个金色的黄昏，一位姓樊的小伙子又一次艰难地爬上团山山头。太阳的余晖照耀着他的汗流满面的紫铜色的脸，把他的劳顿和疲倦毫无保留地展示给这里的草草木木，鸟鸟虫虫，裸石与枯洞，青云与炊烟。一根锯齿样的藤条攀住了他的脚脖子，有殷殷的血流出来，滴在一块土黄色的石板上，那石板立即开了一朵鲜艳的小花。姓樊的小伙子的腿如铅一样沉重，实在走不动了，也不想走了，他想坐在那个貌似坟坑的地方休息一会儿，那坟坑的边缘有一块翘起来的石头，石头像乌龟的半个身体，龟头缩着，而嘴却朝向坟坑，仿佛想在那里寻找自己的归宿。石头虽然很光滑，但坟坑太腌臢了，有几堆干的和鲜的粪便，一股臭味直扑鼻腔。他摇晃了几下身子，终于转过身来，站定，茫然地看西北的山坡。

他是为寻找磨旗石不远百里数次来这里的。磨旗石是他的老祖宗的光荣，也是他樊家千秋万代的骄傲。2000多年前的那个深秋，刘邦鸟瞰天下，志在必得，他笼络诸侯,对项羽围追堵截,最后包围在九里山一带,演绎出千古绝唱——十面埋伏。实施包围任务的是韩信,他派樊家的先祖之一的樊哙,在九里山中段的团山之上竖起一面大旗,指挥四面八方的汉军。樊家的先祖历来都是冲锋陷阵的勇将,现在韩信让他干起了这么一个避开厮杀的战场独立山头摇旗传令的角色,心中老大不快。不快归不快,军令如山,违拗不得,他命两个手下抬起那面特制的大旗,嘟嘟囔囔郁郁不乐地攀上山头。山高云低,秋风萧萧,展目四望,"浩浩乎,平沙无垠,夐不见人。河水萦带,群山纠纷。黯兮惨悴,风悲日曛。逢断草枯,凛若霜晨。鸟飞不下,兽铤亡群",河山不见壮丽,却陡生了一派萧杀之气。他知道一场恶战即将来临,南征北战胜负在此一举。他一下子明白了韩信派他的用意,感到肩上的担子真的不轻。他叫手下竖起那面大旗,两个手下使尽了吃奶的力气,大旗也无法立稳。他乐了,更理解了韩信的用兵之策,万军丛中,还就是他樊哙能行,他力大无穷啊,他是万夫莫挡的猛士啊!他一步上前,扶住粗壮的旗杆。可是旗大招风,操作不能自如。樊哙想了想,就把大旗插在一个深1.7米、长3米、宽1.3米的石坑里。战幕拉开,樊哙圆睁两眼,紧紧地盯住进入包围圈的楚军,主帅项羽往哪里冲,他的旗就往那里指。他的旗往哪里指,哪里就喊杀声震天,项羽的兵将就在哪里倒下一片。呵呵,过瘾啊!樊哙深信了韩信知他,他手中的旗杆也似乎变成了刀枪,他尾追着懵里懵懂的项羽残将,前后左右磨动,把他们斩杀得毫无还手之力。

　　姓樊的小伙子从历史资料里,从族人的传说中,知道这插旗之石就叫磨旗石。他还知道,这磨旗石被那杆硕大的旗杆磨出了沟槽,如果下雨,雨水会顺着沟槽流进石坑,浑浊的雨水会慢慢变清,太阳也会把雨水蒸干,石坑会变得丑陋无比。他也知道,历代的文人墨客把磨旗石奉为神灵,歌之咏之,赞之叹之,不亦乐乎,明朝诗人马惠有诗曰:"天空野烧连垓下,落日苍烟接沛中。唯有磨旗踪迹异,年年常见白云封。"可是磨旗石在哪里呢?姓樊的小伙子想,我寻找了那么久,为什么就找不见它的踪影啊?上次他以为找到了,因为他看见一个石坑,他用随身特配的那把钢尺前后左右上上下下丈量了三遍,它与资料上记载的尺寸八九不离十,那石坑的壁上也有槽。他想象着他的先祖如何双手握住旗杆,如何把杀戮的力气用在了摇旗上;想象着项羽的兵将是怎样的兵败如山倒,遍地尸首,血流成河,数十万生命瞬间消失。他有一点不寒而栗,他意识到了他的祖先的功绩是建立在剥夺别人的生命的基础上的。然而,他依然自豪,樊家一个卖狗肉的人就建立了如此了得的勋功,就是因了这个小小的平常的石坑的支持,指挥千军万马秋风扫落叶,一仗逼得不可一世的霸王兵败垓下乌江自刎,建立了一统天下的西汉王朝。悲壮吗? 它怎会不惊天动地的悲壮! 可歌可泣吗? 它当然万世敬仰可歌可泣。姓樊的小伙子犹豫了一下,正要双膝跪地顶礼膜拜,这时却过来一个人,就是这个人打碎了他浸沉在兴奋中的梦。那个人告诉他,这不是磨旗石,这只是一个普普通通的石坑。它不是磨旗石? 它不是磨旗石? 怎么可能呢? 难道磨旗石不也是一个普普通通的石坑吗? 它在团上之上,它有和记载大致相等的尺寸,它有一道道沟凹,它又是在白云洞的上端,从西北望来,洞里喷出的云雾正好覆盖了它的真面目,它应该就是磨旗石。他怔怔地望着那个人,不过他仍庆幸自己没有一头拜下去,如果拜下去,拜错了,那岂不是笑话,岂不被看见的人说是发神经吗? 可是,可是,磨旗石究竟何在呀?

他累了。他终于找到一块可以小憩的地方。他坐下来,长长地叹了一口气。他看见一抹黑云飘然地被最后的阳光吸去,黑云变成了褐色,不规则的金腰带围着它,而且越束越紧,越束越紧,黑云被分解了,被分解的黑云又渐渐融入更黑的天幕。此时的团山浑然萧瑟,像一口恐怖的深井,夜鸟悲鸣,山狗狂吠。姓樊的小伙子依稀看到山下千万灯火,那是勇士手里的火把,"九里山前刘项战",无休无止地征战,然后是一拨人在另一拨人的尸体上建筑起了高楼大厦。"九里山前作战场,牧童拾得旧刀枪;顺风吹动乌江水, 好似虞姬别霸王","伤心楚汉无王气, 满眼山河有战场","一剑龙蛇分楚汉,月白风清冷战场"。他依稀听见悲壮又凄婉的《十面埋伏》,听见九里山大战的厮杀声,时而高亢,时而哀鸣,"声动天地,屋瓦若飞坠;徐而察之,有金鼓声、剑弩声、人马声⋯⋯使闻者始而奋,继而恐,涕泣无从也。"他害怕了,只身于黢黑的山顶的他禁不住毛发竖起,看着不远处的疑似坟坑。那坟坑里突然地跳出了一个火球,又一个火球,一连串的火球直上星空,星空中结集的火球恍惚间组成一面大旗,左右摇动,那粗壮的旗杆连接着坟坑里持续跳出的火球。

他吃惊了。难道，难道这就是磨旗石？他肯定不会相信，那不是磨旗石。坟坑，磨旗石，这是风马牛不相及的两回事。而火球幻化的大旗，必是虚空，只是视觉的假象。不错，待他睁眼再看时，哪里有什么大旗，也没有火球，眼前只有黑色的大山，笼罩着死一样的沉寂，远处的灯火，大片大片的，亦只是飘渺的倒映在湖里的星空。

他忽然就想，磨旗石，你存在不存在与我何干？历史如果允许如果，如果压根儿就没有什么磨旗石，如果我的先人不参与那场争战，如果他依旧做他的狗肉生意，如果他的狗肉生意一如既往代代相传，我们樊家早就做大了狗肉生意。我们的狗肉早已销往五洲四海。当然，那就可怜了那些狗们。可是，我们会大力发展养狗业的。我们还会极力保持狗类的生态平衡，狂吠的山狗也许比现在还多。我也不需要寻找那个陈旧的古迹，不会在这里疲惫不堪胆战心惊。

夜的眼在窥视着他。他蓦地感到不自在，不舒服，先前的汗水霎时化作冰冻，一阵接一阵的寒战袭来。他病了，他意识到自己病了，决定立即下山。他挣扎着起身，抖抖索索的，一边想挪步往下走，一边却自言自语地说：我还是要寻找磨旗石，我一定要找到磨旗石……

周庄纪行

江南第一水乡——周庄,已经有很多人描写过它了,它在作家、诗人、画家、摄影家的手里渐渐被神化,让没有见过它的人以为那是一个仙境,一个传说。其实,那是一个地方,一个实实在在的地方,是一个人们可以生息繁衍的所在。

我是 2010 年元旦次日来到周庄的。那天清早,我和弟弟、儿子、侄子以及没过门的侄媳妇一起开车从无锡侄女家出发,到了昆山,在外甥女家里吃了早餐,儿子、侄子他们提出要去上海,我和弟弟因为去过几次上海,就不愿再去了,安排了他们几句"注意安全"之类的话,由外甥女婿陪同,他们开车就走了。我和弟弟在外甥女家呆了一会儿,我忽然想到周庄,问外甥女,周庄远吗? 外甥女说,不远,我陪舅舅们去吧。我们见外甥女身体不方便,就说,你给指点一下如何去法,我们自己去就行了。可是外甥女执意不肯,非要陪我们去。到了周庄,外甥女给买了票,我们便进入了久已向往的周庄。

据史料记载,周庄建镇已有 900 多年的历史。周庄原名贞丰里,当时地域偏狭,人烟稀少，只是一个小小的村落。北宋元佑元年(公元 1086 年)，一位姓周的迪功郎因信奉佛教，将 200 亩庄田赠给当地的全福寺作为庙产，老百姓感其恩德，将这片田地称作"周庄"，自此，"贞丰里"的地名反而逐渐淡忘了。公元 1127 年，跟随宋高宗南渡的金二十相公一行，来到这里，迷恋这里的清淳幽静，没有前往临安，就在周庄居住下来。周庄的居民也就因此而稠密起来。元朝中叶，江南豪富沈万山(又名万山)之父沈佑，由湖州南浔迁徙到周庄东面的东圻村，元末又迁徙到银子浜附近，因经商而逐步发迹，使周庄出现了繁荣景象，形成了南北市河两岸以富安桥为中心的集镇。到了明代，镇廓扩大，一直向西发展到后港街福洪桥和中市街普庆桥一带，并迁徙于后港街。至此，镇区基本形成规模。清代，镇上居民更为稠密，西栅一带渐渐形成商肆，商业中心从后港街迁徙到中市街。经过数百年的财富积累，该地已渐成江南大镇，但名字仍然叫贞丰里，直到清康熙初年才正式更名为周庄镇。

这就是周庄的历史。

周庄是至今保存最为完整的江南古镇之一。在经济突飞猛进发展的今天，所有的村镇都有了改变，而发达的江南，周庄似乎还停滞在几世纪之前，它的街巷，它的道路，它的房舍，它的一水一桥，古老而又狭窄，紊乱而又拥挤。但是，恰恰因为如此，它的古典，它的别具一格，它的文化价值，它的某些警醒作用，才愈加彰显。

未进景区，便已经看到了这里与别处的不一般，刚刚还是现代的楼厦超市，举目再看，江南特色明清建筑接踵而至。过了照壁，进了牌坊，便看见中国文联活动基地和中国作协创作基地两块牌子赫然而立。因为自己写点东西，对此尤其敏感。我心里清楚，没有相当的价值，中国的这两个最高的文学艺术机构是不会在这里建立基地的。

一带细水挡了去路，我们往右拐去。呵，莫不是梦吗？沿河的窄街曲巷，木屋矮楼，黛瓦粉墙，古朴风雅。若不是店铺里人着的是现代服饰，你一定以为踏进了时光隧道，历史的车轮往后倒转了几百年。小街上人流不说熙熙攘攘，也是络绎不绝，有国人，也有外国人，许多不同的语言漂在水乡的空中，敲击着人的耳鼓。曲曲弯弯的水里划来了小舟，一只，两只，三只，船上的人用不同的方式表示着他们的欢乐。在我眼里形成一个永恒画面的，是一只小舟在那座拱桥下穿出来的一霎那，船工在船尾撅起屁股用力撑篙(其他的船好像都是用浆划的),船上的五六个游客神情各异,有的看前边的水,有的看上面的桥拱,有的一出桥底就向岸上的人们招手示意,有个小姑娘唱起一支山歌,显得滑稽而又纯情。我看见船工的笑脸了,他是一位五十岁上下的瘦小的中年人,他一边撑着篙,一边扭脸朝前看,天生的乐观派。他和他的客人共同着快乐,他们各自有着各自快乐的理由,虽然他们肚里的"小九九"不是拨的同一个点子,然而表现出来的幸福却是一样的。沿街的店铺里各色货物琳琅满目,不时也有叫卖声传来,还有的门面前有手工操作者做着什么工作。唯其如此,才更让我们觉得彷佛在看电视,自己不知不觉当起了演员,"电视"当然是几百年前的场景,而自己,那时我没有发觉我的服装不适时,也一定是农耕时代的一个什么角色了。

我们继续往前走,我们是把顺河的一座座小桥甩下了,拐个弯儿,是一座相对比较大些的石拱桥。外甥女告诉我们,这就是有名的"双桥"。对于"双桥",我只是耳闻过,好像是一位有名的画家画过的,还得了奖。乍听这"双桥"神奇得很,不知是什么样子。原来它是这样的:横着的这条水上架起了脚下的石桥,而在桥的那一侧,又有一溪清水潺潺而来,它是冲着这水的"腰"而来的,从这个局部看,两条溪水形成了倒丁字形,为了行人的方便,便沿着横着的水边给那条冲"腰"的小溪也架了一座小桥,两桥相连,一竖一横,一方一圆,相映成趣,这便是"双桥"了。究其实,古人造桥也许并没有这么"审美",可是在今人看来,那可真是"巧夺天工"了!陈逸飞靠画"双桥"出了名,"双桥"也因陈逸飞出了名,而周庄则因陈逸飞和"双桥"出了名!周庄因此走上了"水乡古镇,旅游腾飞"的良性循环道路。

我们先后参观了张厅、沈厅、银子浜、福安桥、三毛茶楼、迷楼、中市街、水巷码头、古戏台、陈逸飞艺术馆等,由于外甥女的不方便,我们只是"走马观花"。即使如此,周庄给我们的印象已经"金雕玉琢"了,它玲珑剔透,小桥流水,七曲八转,古风扑面,繁华而不失人间僻静处,典雅而净显大千实用物,就算是走南闯北"江湖"上人,也定要流连忘返"不知有汉"了。

其中我们浏览时间较久的是"天晓德"古董。这好像是一个两进小院,从外面看倒不怎么显眼,而进得门来,着实让我们大吃一惊。屋里院外,柜上柜下,满满实实,到处都是收藏物,且这些收藏物,各种档次的都有,从年代看,上有远古,下有当代,大到巨型"三雕",小到针头线脑,有的价值连城,有的不足一毛,古玩玉器,香袋荷包,文房四宝,琴棋书画,宫中藏物,日常用品,可以说无所不有。我们去时,老板不在,一位稍有年纪的女士随我们参观。我们在谈话中知道,老板是收藏家,好像比收藏家更多了"有心人"的成分。他收藏是不分贵贱巨细的,只要可能,他都"拿来",于是久而久之蔚为壮观。据说是在若干年前,他花钱买下了如今的庭院,那时的这个庭院破旧不堪,房子已经坍塌,门窗腐朽,不成样子。老板花大钱重修,将自己收集来的古董陈列进来,便具有了如此的规模。不仅在其多,而是其全,不仅因其贵,更多因其贱,人所不集者他集,人所丢弃者他要,因此他的收藏不少都是绝无仅有,"只此一家别无分店"也。可惜我忘记了他的姓名,那位女士是告诉了我的,我的记忆力不好,给忘记了。但是,他的店铺在我心中早已树立了丰碑,给我的印象极其深刻,是怎么也忘记不了的。

因为要照顾外甥女的缘故,我们的参观很潦草,留下了太多太多的遗憾。好在我想,遗憾往往会成为动力,成为追求的目标,在可能的条件下,我一定会再去周庄,到时候,我会仔细地、更仔细地欣赏它,玩味每一个可以玩味的地方,品评每一件应该品评的物事,将周庄的文化慢慢吸收,化作自己的精气神的一部分。

周庄,请相信我还会来看你的!

穿越吕梁

一

橘红的薄雾把层峦起伏的东方吕梁山从黑夜里拂醒，它寂寞而睿智的灵魂被一阵粗犷的嘈杂和攀藤踏石的脚步声惊动，一只灰色的野兔一窜一蹦地逃向谷底，两条交尾的蛇迅速潜入草丛。这是 2500 多年前的一个早晨，人们当时还不知道，这一群人里，有一个叫做孔丘的，日后竟成了"万世师表"的圣人。孔丘带着他的弟子们周游列国，推销他的治国之道。他到了宋国彭城（今徐州），宋国司马桓魋对他很是不屑。孔丘也算苦口婆心，说了两嘴白沫。桓魋怒起，抽出宝剑，欲杀孔丘。孔丘"好汉不吃眼前亏"，屁出尿流，仓皇逃窜。他逃到了吕国的东徙之地，无意间给后人留下了记忆的足迹。他登上了吕梁山层峦中被人称为凤冠的峰顶，看到奔腾不息的泗水。古籍记载，当时吕梁山一带的泗水，"县（通悬）水三十仞，流沫四十里，鼋鼍鱼鳖之所不能游也"。孔丘看了，心里几多惆怅。他想起自己半生奔波，一腔热血，什么"秩序"，什么"大同"，皆成泡影,禁不住仰天长叹,发出了"逝者如斯夫不舍昼夜"的感叹。后世成为大名人的孔丘一不小心道出了一个"真理",以至于被既尊孔又反孔的二十世纪伟人毛泽东引入诗词,更成为千古绝唱。

当然,和几乎所有的事情一样,孔子观洪也有不同的版本。据说孔丘是吕梁洪奇观的"粉丝",他特仰慕这里,日思夜想要来吕梁一见真面目。有一天他带着几十个弟子,从鲁国赶着两匹马拉的车辆,兴致勃勃地直奔吕梁洪。这日晌午,来到毛庄,不知吕梁何在的孔丘命他的一个弟子去问附近的老农吕梁山还有多远。他看见他的学生呆呆地听老者指手画脚说着什么,学生不知所云的样子使他有些不耐烦,问路的弟子回来后的一番学说也令他摸不着头脑。学生说那个老家伙看了看他们的马和马车,看了看他们急急赶路的神情,回答了一句莫名其妙的话:"快则三日慢则一日"。聪明如孔子者也不知道是什么意思,他甚至想,这一准是个神经病。急于欣赏"世界奇观"的孔丘让他的学生子路快马加鞭,不多时便来到吕梁山的外围,来到几户人家的小山窝。孔丘想,真个不识字不知理不懂天道的老糊涂,快就是快,怎么会慢呢? 这带着讥笑的问话刚刚在他的思维的天幕上写出,那问号的最后一点还没有落笔,马车便"啪塌"一下,巨大的震动着实吓了他一大跳。突然的折断车轴,熄灭了孔丘急于见到吕梁洪的希望。"欲速则不达啊!"他仰天而叹。他由之深知真正的学问在民间,真正的高人在民间,真正的道理也在民间。

接着,他的这个经验之谈被一个令他吃惊的事实再次证明了。据当地传说,几天后的这个早晨,逃窜的野兔和交尾的蛇并没有搅乱孔丘的勃勃兴致,他率先登上凤冠山。他急不可耐地举目南望,但见泗水之中,怪石林立,浪击苍穹,排山倒海。而就在这险峻的水面上,忽见一人披头散发时隐时现,清亮的歌声也随着其人的隐现而断断续续传来。孔夫子惊心不已,他以为见到鬼了。他是"畏天命畏鬼神"的。见了"鬼"的孔丘很后悔忘了带祭祀物,否则无论如何也要祭他一祭。定睛再看时,他才发现,那不是鬼,是人,是活生生的人! 他越发奇怪,如此大水,湍急如注,波浪滔天,人于其上怎会如履平川?他近前问之。那人答曰:"吾生于陵而安于陵,故也;长于水而安于水,性也;不知吾所以然而然,命也。"那人的一番话又让孔丘吃惊,看起来,东夷之地,能人如云,绝非我所想象,真个是"三人行必有吾师焉"!

为此,孔子曾欲居九夷,想在这些人杰地灵之处长久住下来,研修他的学问。有学生生怕老师受委屈,劝他不要有这念头,说,这么寒酸的地方老师怎么能住呢?孔夫子摆出一副师道尊严的模样,呵斥道:"君子居之,何陋之有!"住处不在大小繁简,要看是什么人住,我是你们的老师,我是仁人君子,我住进去,就不存在什么简陋不简陋的问题。然而,他的这些计划并没有落实,究其原因,自然多多,不过,他主观上只是想想说说而已并没有真的想住下来,是其中最大的因素。我们的孔老先生孔圣人其时并没有真正认识吕梁的价值,他只知道鲁国是周礼的继承者,他不想在一个地方停留下来,他要完成他的使命,劝说天下人,克己复礼,维持秩序,"使乱臣贼子惧",使世道仍回到周天子号令天下的状态。

不论怎么说,也不管是哪个版本更符合事实,孔子确实来到过这个叫做吕梁的地方,是不争的事实。他的脚步在这片山上留下了痕迹,而这些痕迹也成为了后人的财富。

二

公元 2010 年 6 月 15 日,一个叫做蒋九贞的作家和他的一群同道来到吕梁山。他已经是很多次来过这里了,但是每一次来都有一种以前没有过的新鲜感,此次亦不例外。过后他想,之所以如此,乃是因为吕梁的文化底蕴丰厚,如一本无限厚的大书,每一页都有新的内容,一页页地翻看,一页页地惊奇,乐此不疲,以至无穷,每次来都有新的发现新的感受,就连风景也每每变化,让人应接不暇,流连忘返。

他们首先观瞻了凤冠山,在孔子曾经站立的地方站立,在孔子曾经观洪的地方"观洪"。诚然,吕梁洪早已不复存在。可是,在他们这群文人的眼中,面前依然是滔滔洪水,洪水之上,"鬼影"浮动。他们幻想,自己就是当年的孔丘。他们眼里的幻影,无疑是那些游泳者,那些深谙水性的家伙玩弄着种种技巧。可是,他们并不眼花缭乱,他们似乎也不惊诧,他们不论读过还是没有读过、听说过还是没有听说过孔子与泳者的对话,他们的意识之中都早已有了"司空见惯"的感觉。环境造就人,泳者之勇实为生于斯长于斯的环境所致。江河在流淌，时间在流淌，物是人非，迭代不已。"子在川上曰：逝者如斯夫！"哲理的诗句，诗句的哲理，伟大的文人总会发出不同凡响的声音。他们却没有发出，他们只是忽然觉得这景区有点儿不大协调，与"观道亭"、"三绝碑"、想象中的"孔圣庙"、"川上书院"等等不甚和谐。

展目而视，山坡以上，坟茔座座，进山时尚未意识到有什么不妥的大门牌坊"鹤立鸡群"，树在它也许不该树的地方。不等他们中的任何一个人发出疑问，或者就有人会告诉说，这里，曾是淮海战役的一个战场，一场残酷的阻击战就是在这附近进行的。那是狼山阻击战，是淮海战役中关键性的一战，从1948年11月11日至月底，历时21天，人民解放军在此打出了军威，为淮海战役的胜利、为解放全中国作出了贡献。当时，陈毅将军率部围剿碾庄黄伯韬军团，蒋介石胆战心慌，急忙派其王牌军邱清泉从徐州东进救援，企图打破人民解放军的作战计划。陈毅将军精心安排，立即令解放军一纵、七纵、十一纵由济宁向南推进，日夜行军百余里，是日拂晓在吕梁山区与邱部遭遇，拉开了狼山阻击战的序幕。邱清泉的王牌军一色美式装备，较之人民解放军的"小米加步枪"不知强过多少倍。但是，处于劣势的人民解放军是"正义之师"，官兵英勇善战，交战半月，由阻击转为反攻，然后只用几天时间，便拿下狼山。浴血奋战中，人民解放军将士与敌短兵肉搏，79位烈士长眠于此。上世纪五十年代初期，当地政府在凤冠山修建了烈士陵园，以缅怀先烈，永葆江山不变颜色。

三

尉迟敬德率部来到吕梁山区。这是一片美丽的地方，他十分喜欢。他脱去盔甲，让随从把踏雪乌骓马拴在一棵大槐树上，挂了龟背驼龙枪，独自一人携双鞭走上一座小山岭。如此的美景他这辈子还没有见到过。群山连绵，蜿蜒的蜿蜒，环抱的环抱；山上奇石绿树，山下泉水叮咚；百鸟争鸣，百兽呈祥；不远处泗水如带，急急缓缓，顺序展开。他信步拾级，徐徐而行，忽见一白塔耸立，近前再看，原来是一座庙宇，白塔立于其中。庙宇很大，浩浩荡荡，竟然看不到边际何在。尉迟敬德想，如此寺庙，真乃奢侈，我等两军阵前拼死流血，这些个和尚倒是逍遥，享起荣华富贵来了，还鱼肉百姓，不除掉

阳台上的花

不足以平民愤！待俺看他个虚实。这时恰有一个老妪，挎了一篮子煎饼，在面前经过。尉迟敬德打了一声招呼，问她匆匆而行为了哪般。老妪应道，去庙里护法。他不解其义，又问，何谓护法？老妪说，为庙里服务就是护法，俺这是给法师送斋饭，送斋饭也是护法。尉迟敬德忽然觉得肚子饿了，他舔舔舌头，咽了口唾沫，随口说了一句笑话，俺正想弄点东西吃吃，你就给俺吃了吧？老妪一怔，说，那可不行，这是法师们的斋饭，他派了来的，午前不送到俺家里人就别想活命了。什么法师？什么法师的斋饭？饭就是供人吃的，他吃是吃，俺吃也是吃，佛讲善缘，慈悲为怀，就给俺吃了吧！尉迟敬德又说。老妪不听则已，听了赶紧加快步子，头也不回朝有白塔的寺庙奔去。尉迟敬德火了，三步两步，超过老妪，来到庙门，挥舞一对雌雄双鞭，吼道，庙里的和尚，给俺听着，限你三日，滚出此庙，有敢违者，杀无赦！

原来，尉迟敬德看见了白塔，已猜出这庙宇的来头。它叫白塔庙，庙内方丈是大诏皇帝李世民的舅舅，此人隋末也曾带领一支人马做了反王，大唐建立后，却率部做了和尚。做了和尚的皇亲国戚不好好吃斋念佛，硬是横行乡里欺男霸女，连当地的官府也不敢过问。尉迟敬德知道后非常生气，决心为民除害，灭了这些和尚。他汇报给李世民，李世民大吃一惊，随后说，尉迟大将军，区区小事，就罢了吧！尉迟敬德听了很不满意，可是转念一想，不如将计就计，如此这般。他退了出来，马上密率3000人马，赶赴吕梁。和尚有皇上做后台，哪里理会尉迟敬德的警告，三日已过，依旧我行我素不撤不理祸害乡民。尉迟敬德大怒，下令把和尚及方丈一并抓来，将他们推到事先挖好的坑里，堆上土，露出光秃秃的脑袋，让老百姓用耙来耙，全给耙死了。李世民得知消息非常不快，责问，谁叫你杀了他们的？尉迟敬德不慌不忙，说是您皇上下的圣旨啊，您不是说"耙了吧"吗？李世民目瞪口呆，过了一会儿，说，也好，他们作恶多端，杀之当杀，为了免除后患，朕命你一日之内拆了白塔庙，建一座新城，以供朕日后游玩。尉迟敬德毫不含糊，立马召集天下能工巧匠，带领几万将士，果然在一夜之间就拆了白塔庙，在距离白塔庙20余里的地方建起了崭新的吕梁城。

吕梁自有城邑后，演绎了不少悲喜剧，著名的有《五女兴唐传》。说的是李怀珠、李怀玉兄弟二人，本来家庭富裕，吃喝不愁，偏偏怀珠喜欢舞枪弄棒，十八般兵器样样精通;弟弟怀玉喜欢舞文弄墨,天文地理学富五车。二人从小立志,要干一番事业,却生不逢时报国无门。无奈,哥弟各怀一块家传金线宝物,分手寻找机会。

李怀珠带领家将及随从,结交天下文武豪杰,后来来到吕梁地面,城池之外,但见二龙山山势陡峻,便占山为王。他杀富济贫,惩恶扬善,做了很多好事,深受百姓爱戴。李怀珠势力渐大,大唐皇帝知道了,就派兵围剿。可是李怀珠英勇善战,唐军几次攻打,都被他打败了。大唐皇帝一时着急,召集群臣想办法,贴出皇榜,招募能人征剿二龙山。

再说李怀玉,自从与哥哥分手后,更是发奋读书,这一年进京赶考,中了状元。他知道皇帝贴皇榜的事情,又听说占山为王的是李怀珠,心想那一定是自己的哥哥了。经过思索,揭了皇榜,他一个文人成为领兵大元帅。李怀玉也是见哥哥心切,很快带领人马出了长安,一路东行,进入吕梁山区。

不说李怀玉一路颠簸,也不说李怀玉的曲折险象,且说他第一仗于卧虎山招了结发之妻吴凤英,第二仗于黑风口招了二夫人张美荣,第三仗于殷家塞招了三夫人胡玉莲,第四仗于青龙山招了四夫人白玉娥,第五仗于倪家园招了五夫人常秀兰,他们共同浏览了倪家园风景名胜,参观了七十二井、石棚沟、二象扣鼻、八仙洞等,然后直逼二龙山。李怀玉和哥哥李怀珠对了传家之宝,并说服了哥哥,使李怀珠终于同意归顺大唐,解散了山上人马,放火烧了山寨,与弟弟一起共保大唐。而李怀玉的五个夫人各怀绝技,他们一家人齐心协力,南征北战,为大唐立下无数战功,实现了精忠报国的夙愿。

蒋九贞以前并不相信"五女兴唐"的故事就发生在自己身边,经过深入考证、研究,以及对《五女兴唐传》里的地理环境的考察,始信其真。他由此而想,看起来,我们足下的每一寸土地,都可能有一个或多个惊心动魄的事件成为过去时;吕梁,这个不起眼的小地方,竟然隐藏了那么多具有传奇色彩的故事!

四

500多年前,定都北京的明成祖朱棣欲罢海运而兴内河,京杭大运河自然是他首兴之选。然而,他清楚徐州"三洪"的厉害,尤其吕梁洪,这个南北水运的咽喉,湍急无比,凶险异常,不能不是他的心病。他召集文武大臣,研究对策。水利大臣平江伯陈瑄等人主张削平洪中怪石,以利漕运,并修筑堤坝,保护农田。对此也有不同意见,工部尚书、大运河疏浚总管宋礼则坚持保持河中怪石原状,以利澄清泥沙,他认为,削平怪石,固然利于通航,但泥沙俱下,久而久之,此处便会形成河上河,贻害百姓。朱棣从漕运出发,没有听从宋礼的建议,而是采纳了陈瑄的意见。永乐十三年(公元1415年),陈瑄领命开始疏浚吕梁洪。由于开凿不彻底,时间不长,"涛声依旧",粮船频频受阻,漕运依然艰难。

到了成化年间,吕梁洪治理再次被提上议事日程,管河主事郭昇、费瑄无不在削石筑堤方面呕心沥血而后有所成就。

成化三年(公元1467年)冬,颍州人郭昇奉命至徐州,领徐州洪工部分司署主事。据《铜山县志》(清·道光本)记载,"成化四年六月,管河主事郭昇以大石筑吕梁两堤,固以铁锭。凿外洪,败船恶石三百,而平筑里洪堤岸。"郭昇治河有功,提为郎中,仍然管理河洪之事。

费瑄是江西铅山人,以工部主事督水利来徐州,从成化十五年(公元1479年)开始,用了6年时间治理吕梁洪,诚如明武宗时代漕运总兵杨宏、瓯宁进士谢纯所著《漕运通志》上说,"成化庚子,主事费瑄叠石为堤,迫水使归于洪。又于堤西筑坝二十余丈以遏水势,而堤得以不啮。吕梁之险历经千万年而十去其五六,费瑄之功也。"后又修了东堤,被朝廷升迁为政选员外郎。

"三绝碑"(徐阶作记、文征明书写、韩邦奇篆额《疏凿吕梁洪记》)记载了疏浚后的吕梁洪:"怪石尽去,舟之行者如出坦途。"此时,"官无漕运受阻之忧心,人无船翻人亡之惧意",南北交通畅通,漕运兴旺发达,同时吕梁与徐州之间也水平如镜,往来自如。

到了明万历五年(公元1577年),黄河南迁,河床抬高,堤溃坝败,水患严重。青阳人陈邦彦领吕梁洪工部分司署主事上任,于是筑堤护土,其工程量远远大于当年费瑄,其功德也不弱于费瑄,"诸生吏民皆德公而多其堤之力为不朽"。

"吕梁遂安静,泯泯无水声。"水面平静了,吕梁城发展了,吕梁迎来了自隋唐以来最繁荣、最鼎盛的时代。

可惜，物极必反，盛极必衰，宋礼不幸而言中，其后吕梁洪漕运盛世不再，吕梁城失却了它原有的作用，衰落了，消失了，徐州也因此失去交通重镇的桂冠。

蒋九贞向人说起这些的时候不无惋惜，可是他也无奈。谁说历史不是人写的？当权者的一念之差往往会给历史刻下天壤之别的印痕，一个城市的兴衰有时候就是某位大人物的一句话，邓小平在大海边上巨手一挥画了一个圆，一座现代化的城市拔地而起，何等容易啊！

吕梁的历史使人想起"可持续发展"这个词组，想起科学发展观。地球生态是一个大的系统，这个系统中的任何一个环节出了问题都将是很大很大的问题。目前的所谓技术科学，在这个大系统中究竟还是不是科学的，简直令人怀疑。

毋容置疑，大自然赐给人们吕梁山水，美丽的吕梁山水养育了一方百姓，也使世人有了休闲惬息之处。

由是，蒋九贞看到建设吕梁景区的价值，看到徐州市政府把吕梁作为徐州"后花园"的决策的正确性。人们需要属于他们自己的一片绿洲，人类的生存需要适宜的环境，吕梁，正是这样的一个好去处！

五

蒋九贞随着采风的队伍沿途观赏了吕梁街景、生态园林、无名水库、徐山、黑山、草料山、奇石坊以及几大果区，到了奇石谷。

这是一条狭长的峡谷，两边山峦起伏，山丘之上，满是植上不久的树木，它们顽强地生长着，虽还不是郁郁葱葱，却也显出了勃勃生机。不用说，用不了几年，裸露的山头就会不见踪影。

他在一个亭子前停下。

亭子不大，到顶尖处高约 5 米，阔约 3 米，6 根圆柱支撑着六角飞檐，正面正中，书写着"五里亭" 3 个大字。五里亭？他很纳闷，这里距哪里 5 里呢？从现在的格局看，肯定是不对的，没有一个标志性的建筑距离这里 5 里。吕梁古城？也许就是吕梁城。他以前没有来过这里，他不知道这个亭子是古遗迹的重建呢？还是哪一位今人突发奇

阳台上的花

想,凭空造出了"五里亭"。他问其他人,其他人也不知其所以然。但是无论怎样说,在狭长的大峡谷里出现一座人为的建筑,而且是供游人歇息的所在,总是具有生气的象征,而绝非人迹罕至、阴森恐怖之处。

他不想深究"五里亭"的来历了。

的确,这里很美,这就够了。崎岖至于盘旋的山路,隐隐约约隔开了种类和品质不一的果园,山桃、黄杏、樱桃、青枣、涩柿子等等遍布山间,偶有果农出没其中,亦有游人寻摘成熟了的果实。三五只红嘴蓝背黄肚皮的山鸟在他们眼前一抖一抖地飞,互相招呼着,鸣唱着,嬉戏着,享受着大自然的恩赐。有人在那边的高坡上歌唱,旋律犹如高山流水,是一个男中音,浑厚、婉约,感人肺腑。

30多米外,有一头青灰色的牛卧于道旁,牛头高昂,做嘶鸣状,那样子好像耕作前的亢奋。蒋九贞听时,并没有声音从那里发出。他觉得好奇,趁大家只顾欣赏美景或者满山遍野寻找既奇异卓绝又便于携带的奇石之际,走近前来。他越是走近越觉得奇怪,牛的嘴唇似乎微微颤动,牛头也在不断抬高,分明有声音从它的口腔里发出来了,却就是没有听见。这头雄壮的牛!

然而,它不是牛!蒋九贞睁大了眼睛。那是一块石头,一块大青石,一块貌似卧牛的大青石。他快步跑向它。原来,牛头上的两只角是大青石顶部的两个棱角,那高昂的头是大青石的突出部分,它的稍有曲凹的腰是大青石平平的主体,有如一张石床,人可以在上面睡觉,而它的高昂的头恰好可以做靠背,当枕头。近了看它就是一块形状不规则的石头,而远处看,侧面看,则活脱脱一头卧牛。他不知道这是视觉的作用还是青石本身的造化,总之它给他一些启示。这启示是什么,一时尚不清晰。尚不清晰的启示却深深改变着他,影响着他的人生观和价值观以及审美观。他浑然想起"一百个人一百部《红楼梦》,一千个人一千部《红楼梦》,一万个人一万部《红楼梦》"那句名言。

吕梁美景对于欣赏者来说,何尝不是如此呢?

"五里亭"从建筑学的角度讲,并无独特之处;从审美的角度说,也没有值得一书的地方。可是它建在奇石谷里,建在"前不靠村后不靠店"的野岭之间,粗糙的建筑也凭空生出审美的价值。蒋九贞重又站在"五里亭"前,他畅想着,偌大的吕梁山脉,古远的吕梁城,遍布于山山水水的大部分已经消失了的名胜古迹,是不是可以用这亭子、这侧面酷似大青牛的石头连接起来呢?他想是可以的。"五里亭"骤然放出无数根射线,每一根射线都牵连着一个故事,一个景点,一个遗迹,一个使人浮想联翩的形象。还有大青石,它是这些种种形象的"拓荒牛",它是"战士",也是"思想者",是一个真正的"万花筒"。由这里,人们能够看见那些留存的和不留存的东西,看见白云楼、"怀中抱子"楼、卢菩萨与净莲庵、玄帝庙、寿佛寺、吕梁书院、费公祠堂、三门七井二洪两猫夹一鼠,看见九顶梅花山、洞山仙洞、宝马泉、八步石郜山碑、岳飞诗碑、凤凰岭、菩萨洗脸盆、亮马台迷马山东西探头,看见狄山神蛇、杨二郎担山赶太阳、徐偃王仁而失国徐山寨、苏小妹裸坐城楼战城隍、孔夫子率徒观洪发感慨,看见许多本来看不见的物和事。

六

肉眼看不见的还有历史。

吕梁的历史,是另一页的时间痕迹,埋藏在深深的记忆里。

吕梁,最早是吕国,历史悠久,应封于夏商之时,由于年代久远,几无确切的说法。

历史上的吕国有好几个。霍太山地区的吕国是历史上的第一个吕国。后来,它迁徙了。一部分迁徙到现在的河南南阳,另一部分继续东进,迁徙到了现在的山东东部日照等滨海地区,其中还有一部分则到达了铜山吕梁山一带。刘邦的皇后吕雉就出生在此。

吕后在吕梁建立吕国是记忆中最清楚的部分。

西汉初期,刘邦死后,太后吕后掌权。公元前187年,吕后封其侄吕台为吕王,建立吕国,为吕氏诸侯国。公元前186年,吕台去世,谥曰肃王,吕台之子吕嘉即位为吕王。公元前183年,吕嘉因行为放纵被吕后废除,改立她另一个侄子吕产为吕王,公元前181年又改封吕产为梁王,废除吕国。

前后存在一两千年的吕国部落,就这样被历史分割得七零八散。

有谁能够相信,这一块小小的山区,竟蕴藏着如是的"底气"!

人们在赏识它的美丽时,想没想到过它饱经风霜的历史?

正是因了它的那一段又一段的历史,如今对吕梁山的开发才更具有意义。

正是因了它的那一段又一段的历史,当蒋九贞于园区采摘黄杏时,当蒋九贞站在浩瀚的吕梁湖岸边踌躇满志时,当蒋九贞被山里窄道上的自驾游挡住去路而回味观览过的景点时,当蒋九贞憧憬着吕梁生态景区的美好愿景侃侃而谈时,他才有了永不衰竭的资本。

正是因了它的那一段又一段的历史,人们才一次又一次来到这里,而且,以后他们还会一次一次再来。

"老城建"的运河情结

已退休多年的"老城建"坐在徐新运河的坡地上,他手里的香烟早已燃尽,烟蒂在右手食指和中指之间蜗居着,拇指把柔软的烟蒂压扁了。强烈的太阳直照着他的头顶,斑白的稀发挡不住阳光的暴晒,汗珠明晃晃地在头皮上流淌。他看着眼前的平地,不,巨大的挖掘机已经在那里挖出几个大坑,一口旧屋的残墙还没有倒地,他心里很酸。

汴水流,泗水流,流到瓜州古渡头。吴山点点愁。

思悠悠,恨悠悠,恨到归时方始休。月明人倚楼。

他忽然吟出白居易的《长相思》。那么,他的"愁"何在、"恨"何在、"思"又何在?

在他的心目中,这块名扬遐迩的九里山下汴水、泗水、运河支流、黄河故道交织的地方,永远是神圣的所在。少小的时候,每当他走在这段现在被叫做徐新运河的堤上,总不自觉地用他稚嫩的声音背诵"胜日寻芳泗水滨,无边光景一时新。等闲识得东风

阳台上的花

面,万紫千红总是春"的诗句,他以为,朱熹的诗里写的就是他的家乡,是这泗水小汊、运河支流,只是没有写出水上的繁荣,没有点点白帆、匆匆漕运。长大以后,他参了军,有一段时间远离家乡,可是他的心里,依然只有这段运河。后来转业,回到徐州,当上了城建干部,他有太多的机会迁出这个河汊,然而他不愿意,他死守着这块地儿,哪里也不想去。这是一块风水宝地啊!他常常这样赞叹。

就这样,他在这块风水宝地上已经风雨沧桑了七十余年。这里的一草一木,就连谁家房顶有几块断瓦,谁家窗户的棂格坏了,他都一清二楚。他习惯了这样的生活,习惯走在这里的土路上,习惯睡在这里的月亮下,习惯这里的蚊虫叮咬,习惯这里的风声雨声。忽然有一天,政府说要他们拆迁,搬到一个崭新的环境去住,那里有宽敞的绿地,碧透的小溪,幽雅的曲径,宜人的凉亭。他竟有些想不通,我在这里终其一生难道不好吗?为什么非要搬迁?他比谁都明白政府的好意,更懂得"棚改"对于城市建设的意义,他是"老城建"啊!他知道他们鼓楼区这两年来政府投入了多少资金来改善居民居住条件:去年以来,区委、区政府根据市委、市政府全市"棚户区"改造会议精神,认真组织,积极落实,抓住机遇,一着不让,创新思路,快速推进,破解难题,确保完成,共拆迁改造了四道街、新建北村、新建南村、大马路、兵工路、堤北村以及小朱庄等8处"棚户区";建成滨河花园小区,正在推进建设的有润和园小区,以及小朱庄、鹰球皮革、沈孟路等处定销房,总面积80多万平方米,可以安置拆迁居民5668户,使所有需居者有其屋。就在他的眼前,即将耸起一座新城,一处拆迁户的美好家园。这是多么了不起的成绩!这是他梦想了几十年没有实现的宏图。如果他现在还在岗位,他也一定会这么办,一定会雷厉风行,以最快的速度,保质保量完成任务。

但是,他仍然思绪万端,不仅思其旧屋,念其邻舍,更怕这一段运河支流从此远离自己而去。

其实,他也明明知道,他的担心是多余的,政府有关部门早就把这段运河支流作为景观河纳入了建设规划,以后的徐新运河将真的是"无边光景一时新"啊!古运河养育了他,同样也养育了这里世世代代的居民,是整个徐州人杰地灵的一部分,政府和他同样有着运河情结,而且政府,更会让运河情结变为理想的现实。

他深信这一切。蓦然,他笑出声来,同时立起身,眺望远处的楼群,远处的九里山,顺口诵道:

黄金水路贯京杭,内港徐新漕运忙。

两岸风光成广会,九州百姓铸辉煌!

第二辑:饮茶悟道

生命在于创造

人吃五谷杂粮,免不了三灾六难。可在我,生病却成了"家常便饭"。1972 年一场大病,几乎"呜呼哀哉",上城下县,中医西医,全不济事,就在三魂渺渺、抬上灵床之时,倒是一个偏方要我从此不吃药打针,注意休养,便可愈矣。后果如所言,于是能为社会做了这许多年工作。不幸近年来又染肝病,且久治未愈,稍感风寒,就会连续几天发烧,肺部也因此出了点儿问题。真是"屋漏偏逢连阴雨",我简直绝望了!

我这个人是应该对人们有所贡献的。党培养我这么多年,我的老师们、朋友们为我倾注了大量心血,我自己也努力了几十年,自觉肚子里还有些"货",不"卖"出来实在可惜。然而身体呢? 这个"本钱"让我堪忧。而且由于多病,精力自然不足,看书写字都昏昏然然,还敢谈贡献吗? 更别提有所创造了!

我确实心灰意冷。但是,骨子里仍然不甘心。

偶然翻阅 1998 年 10 月 6 日《扬子晚报》,我被第五版的《生命传奇》震撼了。文中说:11年前,孙万鹏被查出肝癌晚期,命在旦夕。然而,在一种"创造"心理激励下,他顽强拼搏,8年写出360万字巨著,创立了灰学系统理论,开始了"第三种科学"研究。与此同时,"死神"被他远远地抛在了身后,他的身体奇迹般的康复了。

我不能不为之一振。本来,我已万念俱灭,早已不知自己如何走好下一步路。孙万鹏给我做出了榜样。当然,一个人的能力有大小,我永远不可能创造什么理论系统出来,可是孙万鹏的这种精神足以支撑我。况且,这种精神也是中华民族自强不息精神的一种,是一种中国精神,这精神是值得大书特书、大树特树的。

我已经出版了小说集《绿鸟》。这个集子里的作品大多是十多年前写的。在这个集子里,我对小说创作做了不无有益的探索,我想让小说之路越走越宽广,越走越顺畅,从而推陈出新,走出一条新的路子来。任何文学样式的发展都是有它的规律可循的,小说也不例外。小说,特别短篇小说,也曾有过非常繁荣的时代,创造过辉煌,许多小说经典证明了这一点。但是,当某种形式发展到一定阶段时,也可能表现出"江郎才尽"的局面,进入低谷,甚至颓废。不过,就小说这种体裁而言,它还是要发展的,这就要不断拓新路,增加新鲜血液,赋以新的内容,创造新的形式。许多年来,我们的小说作家在这方面做了大量工作,取得不小成绩,以至于小说这个古老文学样式可以经久而不衰。

我想努力把小说写得轻松些、再轻松些。我知道,其中有太多太多问题需要研究。说和做不是一回事。说轻松未必能轻松下来。我的老师刘振华先生的小说写得何其轻松! 读他的小说确如行云流水,毫无斧凿之嫌。我曾经猜想,他写小说一定像玩儿一样,他的心态平静绝对如打坐佛人。他的笔怎么就神了似的呢?冰冻三尺非一日之寒,其中奥妙和甘苦,只有他自知。我很想揭开这个谜,让我的小说也写得轻松,让我们的小说在轻松之路上更深更广地拓展。

我的多病的身体曾是理念的障碍。我一度消沉,认为这下子完了,我不会再有贡献了,这辈子不会有什么建树了。

孙万鹏的事迹鼓舞了我,给我以希望。

我想,创造应该是一种动力,同时也就具备了治病救人的良方。孙万鹏患肝癌之后能够创造出灰学理论,而我就不能在力所能及范围内有所创造吗？比如像普鲁斯特抱病著《追忆似水年华》,巴尔扎克穷困写《人间喜剧》,仲尼厄而修《春秋》,子长宫刑作《史记》。所谓创造,本意乃首创前所未有的事物。其实,它也是一种意识,一种形态,一种境界。创造,可以令人耳目一新;创造,可以开辟一个新天地;创造,是一种生命现象;创造,也是一种延伸。人的生命应立足于创造,让创造给生命带来万紫千红的内容。是不是可以这样说:生命在于创造!

清茶一杯可悟道

有茶语云:"松风煮茗,竹雨谈诗"。把茶和诗相提并论,可见茶之为道,其韵也无穷。

老子说:"道可道,非常道;名可名,非常名。"

茶道既为"道",其道可悟,却难于"道",难于"名",所谓"只可意会,不可言传。"言语难以说清道明的茶道,实在可以让人体味深远。

所以一代文豪周作人说:"茶道的意思,用平凡的话来说,可以称作为忙里偷闲,苦中作乐,在不完全现实中享受一点美与和谐,在刹那间体会永久。"

所以近代大茶人吴觉农说:"把茶视为珍贵、高尚的饮料,因茶是一种精神上的享受,是一种艺术,或是一种修身养性的手段。"

莫把茶事当小事。"文人七件宝,琴棋书画诗酒茶","开门七件事,柴米油盐酱醋茶"。无论文人墨客,还是普通百姓,"七件宝"也好,"七件事"也罢,茶都是其中之一。在"文人七件宝"里,茶比前边的"六宝"都更具包容性,更能激起想象力,更可与甘苦人生联系在一起。在"开门七件事"中,茶比前边的"六件"都更具平民性,更能感觉愉悦享受,更可使每个人见仁见智,以彰显道之丰富。

茶可"实用",亦可"品味"。泡上一杯茶,看着或深或浅的茶色,闻着或浓或淡的茶香,品着或重或轻的茶味,油然而生的是快乐,是遐想,是希望,有满足,也有奋发。

茶可"悟道",亦可"成仁"。捧起一杯茶,看茶里乾坤大,知壶中日月长,尝人生酸甜苦辣。唐代诗人贾岛有诗曰:"对雨思君子,尝茶近竹幽。儒家邻古寺,不到又逢秋。"瞧,意境如斯,夫复何求!

品茶是雅事,雅者之事。明代大书画家徐渭说得好:"茶宜精舍,云林,竹灶,幽人雅士,寒霄兀坐,松月下,花鸟间,清白石……"优雅至此,已近神仙;人生若此,世外者也。然而,此种状态只是状态,心中风云亦动亦静,亦幻亦化,动静幻化,杯茶之中。

品茶,就要咂摸,就要回味,就要悟出点儿什么。对着青、绿、红,对着苦、涩、香,每个人都会有各自不同的联想,各自不同的感受,从而认识道的各个不尽相同的方面。

老子还说:"道之为物,惟恍惟惚。""道"是天地万物之理、之性、之规、之形、之灵、之……无可言表。作为茶道单单是指"品茗的方法和意境"吗? 茶道的陶醉处,是茶人的如幻如梦,品茶至此,才算品出了滋味,品出了茶中之"道"。

清茶一杯可悟道。"道者同于道,德者同于德",厚德以载物,不亦乐乎?

论机遇

我们常常说，要抓住机遇。然而，什么是机遇？机遇要怎样才能发现和抓住？这似乎没有多少人知道。

机遇，简单地说，就是契机巧遇。机遇对于具体的人来说，是可遇而不可求的。这并非神秘，并非唯心，而是一种存在，一种现实。它常常倏忽而至，又飘然远去，似在身边，又遥不可及。

因此，发现机遇是一种智慧。有时听人说，某人会投机取巧。投机取巧是个贬义词。如果我们赋予它褒义的意思，"投机"实际上是"投"巧遇之"机"，是"投机"让人看见了机会，认为有"机"可乘，是抓住了这个"机"，否则何以"取巧"？你不能否认，这个"投机"人是聪明的。

当然，上边这个例子是"成语新解"，大可不必以为是理，就当"脑筋急转弯"的玩艺儿罢！但是，生活中的机遇的发现和应用似乎可以同理。机遇本身不会呼唤你，不可能来抓你，对你说：我就是机遇，你来抓住我吧！不过，它有时也可能给你一个先兆，一个

阳台上的花

"梦"，一个启示，或一个"手柄"。在这种时候，命运之神就会跟你开玩笑，开各种各样的玩笑，可笑的不可笑的，可喜的可悲的，发生在你身上的发生在他人身上的等等。对于这些"玩笑"，你能否细心揣摩？能否仔细玩味？能否嗅觉灵敏？能否即刻悟透？我们说，你细心揣摩了，你仔细玩味了，你嗅觉特灵敏，你一下子就参悟透彻，你就发现了机遇。

可是，"玩笑"本身往往并不是机遇。机遇有时是它的前奏，有时是它的尾声，有时是它本身，有时是它背后，有时藏在"话语"里，有时却根本远离它，甚至是它的反面，它的对立，它所不及的地方。

如此说来，机遇究竟是什么？机遇就是机遇，机遇应该存在于每个人的心中，每个人的周围，在天地之间，时间之内。

感叹它吧，机遇的发现难也哉！

欢呼它吧，机遇的存在无处不有！

关键是我们必须具备发现机遇的准备和才能。我们要为寻觅到它而"跋山涉水"准备好充足的食粮，积蓄足够的精力；要为能够得到它而"不惜代价"预备好代价本身，备足相应的本领。

机遇是形形色色的。每个人都不能说"我没有机遇，我没抓住机遇。"不是的，在你报怨的同时，也许你已经抓住了机遇，只是还没更好地去利用机遇而已。每个人的情况不一样，每个人的条件不一样，也就有不一样的机遇在等待他，在来碰他，等他抓住它，然后把它发挥到极致。

最近有朋友说："我给你提供一个机遇。从事我们的行业吧，从事了我们的行业就是抓住了机遇，否则就是失去了机遇，就永远抓不到机遇！"

我一笑置之。我为什么一笑置之？相信朋友们都会理解。那个朋友把机遇庸俗化了，单一化了，实质上是"丑化"了。机遇并非像他所言。

当然，机遇确实难得，难以真正抓到和运用好。命运之神把机遇像玩魔术一样展现给人们。你能不能识破其中的机关？真正切实地、牢牢地抓住它，一旦抓住，切莫放弃。成功就在你手里，狠狠地抓住机遇这条"泥鳅"吧，一顿美餐在等着你！

责 任

责任是什么?

责任是一种义务,是一种行为,是一种品德,是一种人之所以为人的本质所在。

责任是晨曦和朝阳,是晚霞和星空,是雷霆和闪电,是阴晴圆缺、周而复始、无穷无尽。

责任也是一种人为的压力,你总是在自觉或不自觉中成为它的奴隶,或者主人。

责任或许更像黏合剂,任凭你如何想摆脱它,也不会离你而去。

责任其实是一种无奈。不论你是否意识到这一点,它都是一种无奈。

面对责任,人的选择大概有三种:一种是积极的,一种是消极的,还有一种是逃避的。逃避也是消极,然而它比消极走得更远。

我们主张积极的责任心,勇敢地承担起或轻或重的挑子,在这个世界上,扮演好自己的各种不同角色。

消极的方式有时候也可能会营造出另类气氛，造就别样人生。但是，对于理性的天地，未免违反常情。

逃避则失去人性，丢弃了做人的资格，不信吗？如果有人逃避一切责任，想想看，那是一种什么状态！

说责任是无奈，只是说责任之于人生别无选择，是本能和"下意识"。谁都无法没有责任。每个人从一生下来就已经注定要有这样那样的责任。负起责任就完成了使命；不负责任或逃避责任，还要承担不负责任或逃避责任的责任。

一个人敢于承担多大的责任，就可能干出多大的事业，从而也就可能取得多大的成绩。

老子曰：天道无亲，常与善人！

跨一步,就成功

这是借来的题目,借自著名作家刘墉。然而,仅是借题而已,其中内容完全不一样。一样了就是抄袭,而抄袭是可耻的,也违法。

先举两个身边的例子。

一个是某友。老天给他一个机遇,也给他一个风险,他所面临的是两难选择;要么知难而退,不接那上亿元的天文赤字,而安安稳稳当他的公务员;要么知难而进,接下上亿元的赤字,盘活资产,弄好了一下子变成亿万富翁,弄不好则跳楼自尽。这位朋友选择了后者,经过努力,走出了低谷,跨进了一步,他成功了。

另一个是某某友。他在商海中扬帆远航,挣下了万贯家业,成为了大有名气的企业家。然而有一年,经济滑坡,他所经营的东西一时低迷。他沉不住气了,一番犹豫,终于放弃,为此,背了一身债,背债他也要放弃,因为他怕行情更走低。可是第二年,恰是他经营的行业一路看好,坚持下来的走红了,而他却从此一蹶不振,成了穷光蛋。

再举两个古代的例子。

一个是项羽。九里山大战,项羽英勇无比,他击败刘邦的数十万大军,然而其中有一场战斗,他却败下阵来。汉军在九里山上设置了流木滑石,还有四十九辆铁滑车。当项羽冲上去时,山上石木俱下,项羽奋力拨拉;后来当铁滑车下来时,虽感力疲,但仍勇不可挡,他立马挺枪,直挑了四十八辆,当第四十九辆下来时,他畏惧了,他怕山上有更多铁滑车,那样就要了他的命,他一统天下的梦就完了。他瞅了一个空档,催马而逃。结果,兵败如山倒,他真的失去了江山,以至后来乌江自刎。

另一个是曹操。曹操与袁绍官渡之战前后数月,双方兵乏粮尽,皆有退意。曹操忽悟出天机,在极其不利的情况下口出狂言:十五日败绍。而袁绍此时却不思进攻,以为双方相持不下,曹军也无可耐何了,自己先失了戒备和雄心。曹操拼力一战,袁绍官渡大败。

四个例子两正两反,正反两面均说明了"跨一步,就成功"的道理,似乎无须多说。

这里边有辩证法。辩证法讲"事物有度","物极必反",也讲"量变质变"。形态至一定的量时就可能发生质的变化。而这一定的量的限度往往就在一瞬间。打个比方,如果说这个"限度"是界限,就是楚河汉界,河这边是楚,那边是汉,过这边是楚,过那边是汉;如果说"限度"是山峰,峰这边是阴,那边是阳,过这边是阴,过那边是阳;如果说"限度"是奈何桥,桥这边是生,桥那边是死,过这边是生,过那边是死。在这种情形下,坚持一下,冲到这边来,就是生路;坚持不下来,退缩就是死路。

这情形亦如干事业,虽困难重重,似乎"山重水复疑无路",但只要持之以恒,坚持得住,跨过一步就可能胜利出现,"柳暗花明又一村"。

"跨一步,就成功"应该是真理。因为"绝处逢生"是普遍现象。至"绝处"而不抗其"绝",自然是"绝";抗其"绝"力出其"绝",则是生。绝与生仅一念之差,或一毫之力。我们必须把握好这个"一念",不惜拼尽最后气力,决不放弃"一毫"。如此,成功有望矣!

"跨一步,就成功"应该是座右铭。座右铭就是时刻记得,不仅记得,还要落实于行动。无论前进道路多么艰难,即使成功的希望已近于零,我们也不言放弃。相反,要前进,要跨过那一步。这是在检验我们的雄心,也是在检验我们的耐力。而往往坚持住了就会成功,战争的胜负往往决定在最后一秒钟内。

快乐之源

有人说，快乐是因为高兴，有了高兴的事，"人逢喜事精神爽"，就快乐了。

有人说，快乐是因为享受，"对酒当歌，人生几何"，及时行乐，当然快乐。

也有人说，快乐是因为"进步"，升了官，封了爵，青史有名，能不快乐？

而我说，快乐是因为奋斗，自强不息是真正的快乐，是快乐之源。

《易》云："天行，健。君子以自强不息。"此时天人合一之论。天行，是说天体运行；健，为刚健。天体运行，周而复始，没有忧愁，永远刚健。而贤德人士则当以此为例，自我奋勉，自我强盛，不停息地前进。如是，天下之乐不乐于彼而乐于此也！

此乐是真乐，永远的快乐。

它是一种品质，有了它，人就可能立德、立功、立言。

它是一种精神，有了它，灵魂才能够得以升华。

它是一种追求，有了它，方才能有健康的人生。

耶稣说，"要常常喜乐。"讲的也是这个道理。

我们常说，奋斗着，也快乐着。

我们常说，与天奋斗，其乐无穷；与地奋斗，其乐无穷。可见，奋斗是一种快乐。而奋斗的真实含义是什么？就是自强不息。不论顺境逆境，心中的目标不能丢掉，并要为之奋斗，永不言弃。

马克思靠朋友恩格斯的资助，艰难度日，完成了鸿篇巨著《资本论》。邓小平三下三上，坚忍不拔，最终为自己的人生画上了圆满而辉煌的句号。华罗庚战胜种种困难，自学成才，成为世界一流的数学家。史铁生因病致残，但他不向命运低头，生命不息奋斗不止，成为当代著名作家。

他们以苦为乐，苦中作乐，苦痛虽随，自强不息，故而成就其才，故而有了更高一级的快乐。

法国小说大家马塞尔·普鲁斯特，虽然生长于巴黎上流社会富裕家庭，从小养尊处优，过着纨绔子弟的生活。但他却为自己确立了一个目标：走文学之路！于是他不以花天酒地为快乐，而以书中淘金为快乐，注意积累素材，以求一搏。他自幼多病，从 35 岁起到 51 岁去世，严重的哮喘病折磨得他难以支持。然而他支持下来了，靠着强烈的创作欲，以写作为快乐，写出了震惊世界之作——《追忆似水年华》。

因为他们自强不息，所以他们快乐着。因为他们快乐着，真正的快乐着，所以他们成为人们心中的英雄和榜样。

相信这句话吧：自强不息是快乐之源！

相信这句话吧：因为快乐所以成功！

成功，是人生的追求。

快乐，是人生的需要。

寻得了快乐的源头，成功还用愁吗？

无论如何，我尝试过了

存在主义大师萨特说过："对我来说，重要的是那些应该做的已经做了——不管是好是坏；这是无关紧要的。无论如何，我已经尝试过了。"

他话说的很潇洒，很轻松，也很自信，是彻头彻尾的存在主义语言。存在主义首先看重人的存在，认为只有人的实在才有万物的存在，这和中国古人所谓"万物皆备于我"有异曲同工之妙，但是中国古代却没有存在主义，甚至什么主义都没有，只有仁与不仁、义与不义、忠与不忠、孝与不孝等等概念。中国文化博大精深，中国文化从一开始就是系统而合一的文化，比如天人合一之说，比如身心一体之说，比如辩证统一之说，等等。具体的如《易经》、《黄帝内经》、《山海经》、诸子百家，等等。"性本恶"、"性本善"的问题争论良久，孰对孰错，至今莫辨。但是，这所有都是围绕人的本性展开的，是围绕人与世界的根本问题展开的，一开始就抓住了本质。

中国人创造了无比灿烂的文化，创造了世界上无数的奇迹，不论这些文化和奇迹现在有人怎么说，都是事实。退一万步说，就算这些文化和奇迹在某些人眼里不算什么，我们这个民族都经历过了，就值得自豪。没有老祖宗的传承有你的眼光和能力吗？我们常说，"结果并不重要，过程是美丽的"，为什么我们有些人在具体事情面前就忘了呢？小到个人，大到国家，道理是一样的。我幸福，我经过。"多难兴邦"，多难是坏事，邦兴是好事，而兴邦的过程非常值得玩味，可以说过程是伟大的，没有兴邦的过程就没有邦兴的结果。这是大处说的，个人也一样。

比如说我喜欢文学，我可能成不了文学家、作家、诗人、文艺理论家、文学评论家，但是，文学是我的梦，我把业余时间为此付出了，我感到十分满足，这就够了。除了中间的二十多年完全扑在工作上以外，现在退休了还在"爬格子"，我自以为充实。有人说，如果弄文学的人拿出一半的时间去搞经济，肯定可以发财。我不想发财，只想写写画画，这是我的爱好，没有办法的事。我只要和文字接触就兴奋，就感觉幸福。是的，这个感觉真好！感觉是人的精神生活，人除了满足物质生活外，必须满足这个精神需要，这个精神需要满足了人就是幸福的。否则，山珍海味也食之无味。我奢求过结果吗？好像没有。我写作从来没谋求发表，甚至不投稿，自我欣赏而已。我觉得过程就是生命，没有过程生命又何以存在呢？写作是过程，写作是我的生命的一部分，而且是尤其重要的一部分，离开这一部分，生命就黯然失色，这一点比什么都要紧。

行文至此，觉得我说的都是多余的话，都是"离题万里"之言，这也是我注定成不了文学家、作家的表现。不过，我仍然以为，我至少写出来了，我和文字打了交道，对于我，已经够了，别无他求。

这一句话也许没有离题，——我高兴，我尝试过了！

书是良药，以书为伴

我酷爱书，爱读书也爱收藏书。爱读书，是我的天性；爱藏书，是为了读书的方便。从某种意义上讲，书已经成了我生命中的一部分，宁可三日无食，不可一日无书。而且，书还是我医病的良药，它确实"治"好了我身上的多种疾病，减轻了我的痛苦，使我常常喜乐。

我这个人生来运命不佳，弱冠之年就得了一场大病，和阎王爷打了一仗，我倔强得很，非得抗争，结果我赢了。怎么赢的？这要感谢书。想那时，我病得一阵风能吹倒，几乎没了人模样。母亲带我去市立医院查病，路过新华书店，我执意要买书。我扶着柜台，张着混蒙蒙的眼睛，经过几番比较，买了一本《钢铁是怎样炼成的》，一本《把一切献给党》。我细细琢磨书中的每一个句子，每一个细节，每一个故事。我被感动，被激励，完全沉入书中。说也奇怪，病慢慢地好了。不是吗？这两本书在我生命中的作用是怎么评价都不会过的，它们给了我生的希望，给了我灵魂载体，给了我战胜病魔的良方,使我在医药之外寻得了一条重要的健康之路。

1997年夏天,我被突如其来的疼痛打倒,我患了急性多发性双肾结石,住在医院。3个多月的病床生活,几十本书陪伴着我。我喜静,医生嘱我多喝水,多蹦跳。而我却不,我躺在病床上,"两耳不闻窗外事,一心只读圣贤书"。病痛被我的执著吓跑了,我又可以出来工作了。但是,1998年的那场病,在我的生命历程中是史无前例的残酷,我住进了医院。就诊期间,我随身带了一大捆书,病友们跟我开玩笑,说我把图书馆开到病房来了。这一次,也是书救了我。我埋头书本里,早把生死和痛苦置之度外。说怪不怪,疾病也是纸老虎,你怕它,它就得寸进尺,直至吃了你;你不怕它,它也就奈何不了你,反怕你,躲开你。我又轻轻松松度过一劫,日渐痊愈。

我珍爱书籍,书籍便给我回报,成了我的良师益友,成了我的保健医生和情人,是我须臾不能离开。而今我在家休养,每天看着它们,心里的滋润就别提了!它们在精神上给我太多太多,多的我无法用语言来述说。我常常从书架上抽出一本两本,骑上自行车,到都市的景点翻阅,人、景、书一体,或登山,或泛舟,或坐在小径的树荫下,和书悄悄交谈。我为书激动,书为我铺路,铺出健康之路,铺出快乐之路,铺出幸福之路,铺出成功之路。

书是良药,书有大能,与书为伴,奇妙无穷!

由茶征文想到鲁迅和周作人

朋友告诉我,某报文化副刊搞了个关于茶的征文,问我是否写一篇给他们。该报开始征文时大概是几天前,那时候还没有发生汶川大地震,可朋友告诉我时却正在救灾。我没多说话,只摇了摇头。

关于喝茶和茶文化的征文(因没细问,故不知其内容要求是什么)本来是非常好的事,和平时期,享受一下茶的清香和高雅,无可厚非,为之写写文章,也是该提倡之事。可我满脑子是地震,伤亡和灾情,还有跟全国人民一样的同胞情怀,根本就没有这雅适的文兴。

没有雅适的文兴,但脑子还在转,忽然就想到鲁迅,想到周作人,还想到龙华五烈士和沈从文。为什么想到他们? 似乎莫名其妙。冷静一想,却不是没有道理。周作人的文章风格曾被吹得让人迷茫。是的,他的文章的确不错,淡雅得很,可谓独树一帜。他写过《喝茶》的小品,写得让人觉得是大家手笔。可他却是汉奸,中华民族危难之际你在那里优哉游哉，闲适之至，还吟什么轻飘飘的东西，总是头脑里少了点儿什么吧？至少无国民之情，无民族大义。还有一个沈从文，前几年也被捧为"大师中的大师"，说起来那文章作的，那小说写的，至高无上，在中国何人堪比？鲁迅又算个啥？但是，他是在我们的国家"到了最危险的时候"，那时的第一任务是抗日救亡，而他却躲在山里的书房中琢磨"升华"，遣词造句，抒乡土之情，唱山乡美景，恐怕龙华五烈士就没有这闲情。鄙人也认为他不是时候，无论他文章写得如何，都是不敢恭维的。

鲁迅也写过《喝茶》，把他写的和他的同胞兄弟写的那篇对比起来看，高下优劣，自然分明。鲁迅忧国忧民之新彰然，他从喝茶中就看出了不同人的态度，他不愿意享受那扑鼻的茶香，因为，国难当头，任务在肩，这茶还是免喝了吧！

由此又回到茶征文本身。这征文是震前发出的，可以不作此观照，但要我这时去写那美文，我真的写不出来。凡事只有经历过，才能体会得更深。如今经过从春节前到现在的一系列事件和灾难，我更坚定了过去的一些看法：评价一个作家，不仅要观其文，还要观其人；评价某些文章，不仅要看其品，还要看其时。现在唱哥哥妹妹行，打日本鬼子时大家都在流血牺牲，而你唱哥哥妹妹，只能激起人们的反对和鄙夷，你的人品当然也要打折扣。

所以我想，对于文学史，对于文学史上记下的人，还是历史唯物主义的好，不要"事后诸葛亮"，用目前的观点看古人，用和平时期的观念看战争年代的人和事。总之一句话，历史时代背景很重要。

闲话"仁者寿"

　　有资料说,社会经济发展,物质生活水平提高,人类的寿命也大大延长。中国人均寿命由解放初期的 35 岁增至 2001 年的 71.8 岁,目前已接近发达国家的人均 75 岁,个别地区已超过发达国家的平均水平,其中男性为 76.71 岁,女性为 80.81 岁。按照世界卫生阻止的定义,65 岁以前算中年人,75 岁以后才算老年人,公认人的寿命应该是 120 岁。古人说"人生七十古来稀",现在是年过八十不稀奇,但是,与 120 岁还有不小的距离。人如何才能长寿? 除了科学、医学、生活环境和生活质量等因素之外,是否善良、是否心阔也是重要因素。而且随着社会发展,这方面因素的比重会越来越显其重。这就是我本文讨论的主题:仁者寿。"仁者寿"出自《论语·雍也》:"知者乐水;仁者乐山。知者动,仁者静。知者乐,仁者寿"。意思是:聪明人的快乐,像水一样,永远是活泼的;仁爱的人的快乐,像山一样,崇高、伟大、宁静。聪明人不断探求知识,思维是活动的;仁爱的人有涵养,看事情是冷静的。探索知识求得乐趣;宁静有涵养,不容易生气,寿命自然会长的。

此话有没有道理呢？我以为是有一定道理的。

仁者长寿是有科学根据的。神经系统与身体防御系统有密切关系，因此，良好的心理有利于延缓大脑衰老，也利于延缓身体各系统、器官的衰老。临床证明，60%～90%的疾病都是由精神因素决定的。世界卫生组织指出："健康不仅指身体健康，还包括心理健康和良好的社会适应能力。"现代心身医学理论认为，人是大脑皮层统率的完善生物体。因此，心理因素对人的健康有着极其重要的作用。

有一个调查证实，善良的人更长寿。前不久，美国耶鲁大学和加州大学的研究人员在加州阿拉米达县随机抽取了7000位居民，并对他们进行了为期9年的跟踪调查。研究发现，乐于助人者易与他人融洽相处，预期寿命显著延长，男性尤其如此；相反，心怀恶意，损人利己的人，死亡率比正常人高1.5倍。并且，该结论不受种族差别、收入高低、体育锻炼及生活作风等因素的影响。研究人员分析认为，从心理角度看，乐于助人可以激发人们对他的友爱感激之情，他从中获得的内心温暖缓解了他在日常生活中常有的焦虑，这样有益于增强人体免疫力。反之，一个心脏病常常发作又对他人心怀敌意的人，其心脏冠状动脉堵塞的可能性增大；处处视他人为敌的人，自己容易愤怒，导致血压升高；贪污受贿和盗窃者，因做贼心虚，容易失眠、烦躁，精神压力增大。于是，他们得出一个结论：人的善恶观念会影响其寿命的长短，品性善良的人平均寿命要比品性恶劣的人长。

记得很早以前我还看过一篇资料，认为气、怒、恨、忧、愁和小心眼、嫉妒、害人、防人、恐惧等都可能在体内产生毒素，毒素越多对人的寿命侵蚀越大，从而减少寿命。

明代吕坤在《呻吟语》中说："仁者寿，生理完也。"孔子对"仁者"早有解释，他说："仁者，人也。"对孔子的这个解释历来众说纷纭。我以为，仁者首先是人，其次这个人还必须有一颗善良慈爱的心，是孔子所谓知礼的人，是一个有高尚道德的人。人的道德感是人的一种社会性高级情感。善良的人可以产生自我道德感的满足，而这种满足能够缓解人与人、人与事、人与物、人与世界的情感矛盾，减少心理冲突，并通过大脑皮层，给生理机制带来良性影响，从而有益于人的健康。事实上，善良的人心地坦荡，因为他不心存不轨,不绞尽脑汁,不利欲熏心,不贪得无厌,不想害人,因此也用不着防备人,相对而言心里亮净得多,如果再加上心胸宽广,凡事想得开,无忧无虑,体内自然少了影响寿命的"毒素",长寿也就成为可能。

《黄帝内经》认为:人的生命组成有三元,即:形、气、神。形,是有形的生命活动方式,生命的载体;气,是无形的生命运动方式,生命的根本;神,是灵魂的生命活动方式,生命的主宰。三元合一,神气相和,而至于和体,才是完整的真正的生命。清净、内守、善良、无欲、不争、不恶、不妒、不坏,保持和谐状态,实行心理养生,精神养生,生命自然可以延长。

《论语·雍也》还说:粗食淡饮,居於陋巷,正所谓"美其食、任其服、乐其俗、高下不相慕","外无贪而清静,心和平而不失中正,能取天地之美,以养其生,夫道者年皆百数。"一如《黄帝内径》说:"恬淡虚无,真气从之,精神内守,病安从来?"人只要情绪安然、不贪欲妄求、内心平和、不恐惧焦虑、无思想之患,疾病就难以入侵。如是,人就可能活到百岁以上。

想长寿,是人的共性,古往今来莫不如此。秦始皇派徐福东渡海寻长生不老药,终成笑谈。但其中也反映了人类追求长寿的愿望,反映了向未知世界进军的呼声,反映了人类童年时期的美好理想。社会发展到现在,长寿密码正在揭开。然而,任何事物都是有极限的,长寿也是有条件的。人类要延长生命,精神健康不可忽视,也就是说,"仁者寿",舍此,便不可能达到预期的效果。

我写作，我快乐

写作是很快乐的事情，一直以来，我都以写作为乐！

可是，把心里想的变成文字，是要有条件的。比如，个人的时间，个人的兴趣，个人的偏好，个人的情绪，个人的际遇，个人关注的程度，个人的身心条件等等，这里还不包括客观因素。我曾经把写作看得很严肃、很神圣，因此也是下过一番功夫的。当然后来停下了，一停二十多年，但是不能因而就说我没有用过功，没有付出过劳动。不错，我这个人很懒，一般而言，没有约稿，没有发表出来的相对把握，我是不动笔的，不愿付出无效劳动。也许恰恰这一点害了我，使我老之将至终于无成。然朋友你别忘了我上边说过的话，写作是要有条件的。那时我心红眼亮，热情百倍，立党为公，忠贞报国，全身心投入的是工作，甚至一尘不染，连家也不顾，真正达到忘我境界了（说出来无人相信，实际上绝对真实），个人爱好自然要服从工作需要，牺牲自己、牺牲家庭利益也要拼命工作。如此，个人便真的"牺牲"了！后来病了，生病改变了我的观念，这主要来自两个方面，一是人往往遇病胡思乱想，一想就把崇高理想想丢了，觉着人活在世上如此而已,我既不可能重于泰山而死,一切也就无所谓,得过且过吧,活一天是一天的福分,奋斗者何?二是作为单位负责人,好好的时候工作有人让你出力,一旦生病,或不在岗位,却很少有人再问,让人心寒。然而,我永远不减感恩的心,这么多年,工资照发,而且该长就长,亦令我感动不已。不过我原来的信念动摇了,把事情看淡了,社会责任心不如以前了,有人佛人无的感觉。自然,这感觉也的确叫我害怕,我是共产党员啊!没有办法,某一种东西一旦形成,就不是一时半会儿能去掉的。于是重新拿笔,写文章就没有那么郑重其事了,权当玩儿吧!情绪来时敲几个字,没有情绪就放下,写作是为了愉悦,我高兴,所以我写作,我写作了,我也就快乐了。

这就是我为什么不大关心具体个案的原因,我只从整体考虑,从事件的意义考虑。至于奥运,我欢呼,我歌唱,我为之呐喊,手之足之,我都做过。可是具体的赛事,因我不喜欢体育,隔行如隔山,我无有话说,不懂嘛,不懂不能装懂,说外行话那就贻笑大方。比如开幕式,张导导出了《击缶而歌》,举国上下都雀跃,谁去深想击缶的别意?谁去探索历史上所谓"击缶而歌"贬多褒少呢?我又说得清吗?还有刘翔退赛,外行如我者更说不清。说不清的东西何必去说呢?在下虽愚,也向聪明人学了一些,那办法首选不说。推而广之,就一概不说了吧!

我把写作当做玩,还有另外的原因,就是我没有想把我现在写的东西再变为"铅字"的企图,写就写了,自娱罢了,定位极底。既然如此,我当然不把写作弄得太痛苦。现在是"全民写作"时代,在"全民写作"时代,写作自娱,在网上发发,十分容易,可以说,谁都可以写作,谁都可以"出来"。但是,要想取得真正成功,却比以前更难。因为文字不表现在纸质上,就不算数;因为环境变了,时过境迁,你写我写他写,反正不会十三亿人都能成为作家,机会均等,却不可能平均分配,这样,能不能轮到我就很难说了。我知道如今不比从前,我开始写作时谁也不认识,编辑部是以质取文的,甚至最后我也不知谁给我签发的。

我对生活,对工作,对人生,对写作本身等等,都不消极。也许有发感慨的成分,但绝不是消极。认识我的人会理解这一点,读懂我的人也会理解这一点。

不信你看,我仍然会为理想而奋斗。

我写作,我快乐。我因为写作而快乐,所以写作将伴我一生。

阳台上的花

街上流行黑头发

这个题目其实不算题目。中国人本来就是黄皮肤黑头发,有什么好做文章的? 诸位先不要诧异,且听我慢慢道来。

近些年来,生活富裕了,条件好了,视野开阔了,爱美之心便陡增,于是乎你染发我染发大家都染发,男染发女染发喂的宠物也染发,一时间,满大街都是黄头发,让人看了,以为一半的中国人突然之间都"西化"了! 爱人及人不如博爱,百姓是天不如平等,各尽所能不如自由,以人为本不如民主,所有中国的传统观念(哪怕直到现在还被地球人称道的学说也要换个洋人说法)都已落伍,阻碍了幸福。有人就思考,认为黑头发是罪魁。一夜之间,就流行了黄头发,黑头发成了老土。

但是,西方的打压和妖魔化中国令他们意外地唤醒了我们的意识,恢复了我们的信仰,那些"西化"了的人开始猛醒,黑头发又流行了!

本来,染发无可厚非,染发和中国心似乎风马牛不相及。可是,生活方式的选择并不仅仅是一个生活方式的问题，这里边有许多值得注意的东西。我们常说，千里堤坝溃于蚁穴，潜移默化等等，还有人们已不再说的那个词"和平演变"，可都是这么不自觉的变化的。打个比方，你带着一个小孩，他每天和你厮守，你发现不了他的变化，好像突然有一天就长大了。他其实是慢慢长大的，每一天都有变化，你却没有发觉，等你发觉了，他已经是个大人了。

我说的危言耸听吗？一点都不。我们要有危机意识，要有敏锐性，要有民族嗅觉。

也许有人责难我，说这不和改革开放抵触吗？我的回答也是：一点都不！改革开放是为了中华民族的伟大复兴。记住：是为了民族复兴！舍此，还要改革开放干什么？不保住自己的民族性，还谈什么发展？还有什么正义或不正义？还有是和非吗？

街上流行黑头发已经说明了问题。

我为这个"流行"叫好！

不协调的一幕

朋友乔迁,我们几个去祝贺。中午十二点,江大酒店聚餐。酒席够丰盛的,人也高兴,推杯换盏,两个多小时,结束。

朋友说,到家里看看吧?

我们说,好哇!

朋友住的地方是新小区,高层楼群,十二楼。我们相拥上了电梯。呵,感觉就和我们老小区不一样,电梯很舒适,稳得没有感觉。他住的那才叫豪华哩!错层,200多平方米,装饰一流,不形容了,一句话:没比的!

我们夸赞有加,朋友自然大秋天里满面春光。

忽然,有人"不识时务"的指出,你阳台上的花太乱了,没剪啊?

我们都吓了一跳。这种时候,这种地方,这种环境,怎么突然冒出这么样没水平的话? 不怕扫了主人的兴? 是不是有点儿太直率了?

朋友倒不介意,抱歉似地说,这一段时间光顾整理家居了,嘿嘿。

笑毕,就去拿了专用剪刀,在那位"冒失"朋友的指点下,"咔嚓咔嚓"精心用意修剪起来。你别说,他这么一修剪,整个阳台和客厅顿觉美不胜收,只是有几片叶子落在了地板上,似乎有些不太协调。朋友慌忙去捡起,但依然留有痕迹在光亮照人的地上,像永远抹不掉的污点。

又说笑了一阵子,我们就离开了,朋友送到大门外,热情爽人,友情可嘉。

我绕过楼山,转脸看见整洁的小区内,朋友楼下的地上、草坪里,横七竖八有不少的垃圾,不,不是垃圾,是剪掉的花草盆景的残枝缺叶,十分得碍眼。再抬头看朋友的窗台,那空中竟还有三两蜻蜓似的东西慢悠悠地飘然而下。如果写小说,还真是一景。可眼下不是小说,而是现实,在美丽美妙美好的环境中,那东西刺的人难受,让我的思想突兀地静止了,一秒钟,两秒钟,三秒钟。

嗨,不协调啊,不协调啊,如此的不协调!

朋友,当你考虑你的小环境时,你考虑大坏境了吗?

真美应该是内外、大小、形与神统一而化合的,应该是个体与集体融洽的,是一种天衣无缝的和谐(不排斥不规则的美感物,因为那是另一种和谐,更高级的和谐,"不和谐"的和谐),如天籁,如韶乐,如红花及绿叶。

一个人追求美,追求美的生活,同时也要考虑别人的感受,考虑周边环境,考虑整体的美。这才是高素质的追求。

关于一次血腥的回忆

十年前中秋节前一天，下午五点多钟，我从徐州市北郊的唐沟检查站出来，站在环岛东南角的路沿石外，等我们到附近柳新镇办事的工作车。由于次日就是中秋，当时路上行人匆匆，整个徐丰公路上车来车往络绎不绝，西去刘集和东去柳新的路上也是车水马龙，很有些忙节的气象。然而忽然之间就有了一个短时间的空隙，路上的喧嚣顿时匿迹。

我的耳朵里没了声音，就觉得十分不习惯。我举目前望，并扫视左右，奇怪，好像所有的车辆都从地球上蒸发了。

猛然，从西北方向驰来一辆拖拉机，驾驶员也许看见路上没有车辆等障碍物，速度是绝对超过它的规定时速的。那是一辆往柳新方向去的拖拉机，它转眼间进入环岛区域，但是没有按照交通法规绕环岛而行，而是逆方向左拐。

也是这时，从我后边突然窜出一辆自行车，箭一样向北驰去。他走的方向不错，就是太快,他是急于赶回家的。

只一眨眼的工夫,我听见一声急刹车。

再看时,自行车已倒在抖抖停下的拖拉机旁,骑车人在后车厢的车轮下只一伸腿,便没了动静。

好凄惨的一幕!

骑车人是附近一个厂子的工人,是刚刚拿到厂里发的节日福利回他二十里以外的家的。怎么也想不到,刚出厂门就在无情的车轮下丧生。

我虽然在交通监理没移交公安前参与或独立处理过很多交通事故,血淋淋的场面见过不少,但这一次是亲眼看着事故的发生,在我尚属第一次。所以在其后的日子里,时常眼前就出现了那一幕,甚至十年后的今天,还令我不寒而栗。

一个生命瞬间消失,一个家庭即时灾难,另一个也得到应有的惩罚,那个家庭因此蒙受巨大损失,幸福的光景失去幸福,团圆的日子不能团圆,悲剧就这样兀然而至。

关于这次事故,我想它本来不该发生的,只要肇事的双方有一方注意一下或者按照交通法规行驶,假如,拖拉机驾驶员遵章行驶,无论路上有无车辆行人,都按照他自己的行驶路线,保持应有的速度;假如,骑车人注意一下前方的道路,在安全的情况下再通过交叉路口,惨剧绝对不会发生。

但是,生活中没有假如,就那么刹那间,事故发生了。

我之所以时时忆起它,是因为这次意外给人的教训非常大,令人思索的东西很多。人们一直谈论说国人的素质差,我以为这就是一例,而且是典型的血的教训的一例。交通安全意识是诸多社会人生意识中的一种,它反映了民族现代文明程度。在现代条件下,交通发达,车辆众多,你没有这方面的知识,连路都不会走,你还怎么建设现代化强国?且不说去为他人着想、为人民和国家做事,个人生命安全都不能保证,讲什么都没有意义。而每个人又只是社会成员一份子,他的安危和不幸直接牵涉家庭、社会,关系到社会安定和和谐社会建设问题,真正的"牵一发动全身"。社会在进步,各种配套设施也在不断完善,这些配套设施包括法律法规建设,包括一些乡规民约,以及约定俗成的自然法则,对于这些东西,每个人也都应该熟悉和学习,并在自己的生活中严格遵守,把它们变为自己的自觉行为。须知,一个不遵守公共秩序的民族是无知的民族,而一个无知的民族是不能实现强大梦想的。我们每一个人都是整个社会网中的一个结,只要有一个结出现问题,都可能影响全局。任何一个人都不要小看自己,都要把自己放在社会的大舞台来考察,来定位,来权衡利益。实际上,从个人的角度来看,我们每一个人都是一个社会,都是社会关系的总和,又都是社会机器的一个链条,一个链条中的一个小小的组成部分,既是全体又是局部。所以,我们即对自己负责,也要对社会负责,对社会负责就必须对自己负责,这是一个问题的两个方面,一个系统工程的多面观。

我们有什么理由不好好对待自己的同时又好好对待社会呢? 为了自己,要不断学习新知识,要遵守社会公德和约定;为了社会,要热爱每一个人,要不惜全力投入社会生活和建设中去。

这就是我关于那次血腥回忆的联想,希望不只是一个人的思索,更不只是思索。

你要把幼小的他们引向何方？

晚上到女儿家，小外孙正看某卫视的"少儿节目"，我也看了一眼。不看不打紧，一看令我浑身起鸡皮疙瘩。我之所以起鸡皮疙瘩，并不是其中内容多么恐怖，或者低级下流，如果是成人节目，那是很正常的，但是，你是"少儿节目"，那就另当别论了。节目里有幼儿园的孩了，有小学生，表演的竟大多是哥哥啊妹妹啊、你亲我爱的，那些儿歌哪里是儿歌，都是情歌，时而还有牵手搂抱的动作。这样的节目，我不知道电视台怎么选中的，也不知学校老师怎么排练的，更不知少儿作家们怎么写出来的。如果你的节目内容是宣传和谐理念，宣传大爱思想，也不是这么个宣传法啊，那都是宣传的情爱啊，你的宣传对象是少儿，又是少儿自己演出的，这就成了问题。

少儿是祖国的未来，他们是处在生长发育的阶段，他们的心灵无比纯洁，那真是一张白纸呀，我们对所有他们的引导都会给他们打下深深的烙印，对他们的成长产生不可磨灭的影响。宣传爱，无可非议，而且应当提倡，用适当的形式给幼小的心灵种下人类之爱的种子,这是大智大慧,也是大功大德。但是,过早地向他们传播情爱之类,就不那么合适了。试想,现在的不少人已没有了道德标准,没有正确的世界观、人生观、价值观,游戏人生,伤风败俗,社会的小范围内乌烟瘴气,难道不与我们过去的某些不健康的宣传有关吗?我们的某些媒体还要这样宣传下去,真不知他们的社会责任心哪里去了,他们的良心哪里去了,他们的人类公德哪里去了!

记得早些时候,一些电视台在少儿节目里播放一部从日本人引进的动画片,明眼人一看就知道,那是宣传武士道精神的,充满了争斗打杀,宣传"浪人"的彪悍以及不可战胜,更可恶的是,其中有一些含沙射影攻击中华民族的内容,如"英雄"打到日本以西的某国,那上边明显的是中国莫高窟一带的背景,连人的名字也是类似中国道教人物的名字(现在忘了,当时印象非常深刻,那可是一部风靡全中国的片子啊!)就是这一个对于他们来说的"异国霸主",几个回合,便被他们的"英雄"征服了,从而树立了日本的勇武形象。就是这样的片子,竟然冠冕堂皇地放映,不知毒害了多少国人的孩子,使他们生出民族虚无主义毒苗。

我们常说,对孩子的教育,家庭、学校、社会都有责任,是对的。家庭和学校不说了,社会方面的责任,方方面面,宣传应是其中相当重要的方面,而在宣传方面,媒体特别是电视更承担着艰巨的任务。我们的孩子,从小,甚至从生下来的那天起,就耳濡目染电视节目,这是如何大的教育啊!我们的有关方面应有强烈的责任感,有放眼未来的目光,有大慈大悲的心肠,有引导下一代健康成长的明确目标。我们编排演出的少儿节目,要适应他们的特点,不要"成人化",还要给他们的成长创造良好的环境,不要污染空气,污染他们的心理。"少儿节目"姓"少儿","少儿节目"要纯洁、高尚,这是毫无疑义的,为什么我们的某些文化精英们就不懂得呢?这岂非怪事!

长期以来,人们对子女教育的许多方面都不满意,家庭、学校、社会互相埋怨,我们的宣传媒体是不是也有责任呢?我看是有的,客观上讲,有不小的责任。

作为一介草民,我呼吁某些媒体能够正视这个问题,调整一下针对少年儿童的宣传方案,为以后的孩子多考虑考虑,为祖国的前途多考虑考虑。

一个有害的漂亮口号

今天休息,心里有点乱,本打算继续写的长篇就只能暂停,做点儿别的吧,总之不能空渡了一天。

这就想起大门外幼儿园那儿墙上的标语:"再苦不能苦了孩子!"

这口号有问题吗?

依稀觉得有。

"苦",是一种生活环境,在"苦"的生活环境下让孩子少苦些本是天经地义,但是,事实上却产生了许多副作用。

中华人民共和国走过了60年,改革开放也已经30年,社会发展,物资丰富,人民生活水平大大提高,现今的"苦"的内涵已不同以往时代,再苦生活也能维持下去。正因为如此,对孩子的投入就都加大了,一家跟一家攀比,一个跟一个攀比,都极力把孩子"装"在"蜜罐"里,让孩子没有自卑感,在人面前说"我家好",满足其虚荣心。于是乎,孩子开始走上了畸形发展的道路,感情的脆弱,承受能力的低下,目空一切的伪自尊,眼中无他的自私,道德信仰的沦丧……都出现了。于是乎,大人们都惊呼,都埋怨,都为自己的孩子担忧。然而,却没有谁好好想一想,这一切的一切原因何在,如何解决。

接受教育是日积月累的,也有质的飞跃,这里用的着佛教的"渐悟"和"顿悟"两个概念。怎么让孩子"渐悟"以致"顿悟"? 窃以为,要从小就让孩子了解一切真相,接受他们的环境。你是"苦"人家,就不要装作富,让孩子吃点儿苦没有什么坏处,不要你束紧裤腰带,孩子不知情,反把孩子培养成了"蜡做的人",辜负了你一片好心,使你伤心欲绝。就算富裕人家,让孩子吃点儿苦也是好的,这是培养孩子自理和自立能力的重要举措。君不见许多成才的孩子反倒是贫穷人家的孩子,北京奥运会上不少冠亚军就是如此。传说中的巨富不给孩子一分一文,他们的良苦用心应该得到理解。

"再苦不能苦了孩子"是非常漂亮的口号,从大人的角度好像负责到家了。其实不然。它所带来的负面影响不能低估。

由此我又想到,许多东西都是这样,有它的两面,我们切莫顾此失彼,不要强调了其中的一面,而忽略了另一面。

不知道上面的口号能否修正一下? 当然怎样修正呢,也是个问题。

如此教育岂有不失败的？

常听人们议论,如今的孩子不忠不孝,自私自利,也不知学校怎么教育的。言下之意,孩子教不好都是学校的错。笔者无意为学校开脱,但是我要说,对于孩子的教育,学校、家庭、社会都有责任。而且,作为家庭,对孩子的教育责任恐怕还要大些。

下边举一个例子。

一天,笔者骑车上街。不谈街景之繁荣,不说目击之处之新鲜,忽然,前面一步之遥的对话深深刺激了我。那是一位骑自行车的年轻父亲,带了刚上幼儿园的儿子,声音就是他们发出的。

儿子:爸爸,去奶奶家。

爸爸:不去。

儿子:就去就去。

爸爸:去干啥?

儿子：我几天没见奶奶啦！

爸爸：奶奶家不好玩儿，没有那么多玩具。

儿子：不，也要去！

爸爸：奶奶家脏，拾掇得很乱很乱，绊宝宝的腿。

儿子：不嘛，奶奶给我买了很多很多好吃的。

爸爸：咱家里都有，爸爸给你买的是名牌，肯德基也比奶奶买的好吃。

儿子：爸爸，爸爸，我还是想去。

爸爸：不去，干啥去？再说去爸爸妈妈就不要你了！

儿子就再也没敢吱声。

这一幕已经过去了很久，但它在我心里一直是一座大山，压抑的我简直喘不过气来。直到现在，我还觉得不能心平气和地谈论它，有"无言以对"之难堪。

过去说，"子不教，父之过。"有人说，传统不好，不利与时俱进，"祖宗不可法"嘛，让后人创造他们的新天地吧。这话说得可真"先进"啊！然而，殊不知传统的东西里也有好的，许多方面我们离不开传统的，比如我们的黄皮肤黑头发，比如我们使用的汉字，比如我们至今仍是用筷子吃饭等等。"子不教，父之过"一说虽然绝对了些，但对于作为父母的人来说，其言一点儿都不差。长期以来，我们看问题都出了毛病，过于强调全面，"全面"到具体到某一点时，就把这某一点看得太淡了，搞成"战略上藐视"，小节上、一些方面上、甚至关键环节上也跟着"藐视"了。这是不是问题的症结我不好说，可是我以为有不少问题就出在这上面。孩子教育不好，这是大问题，这个大问题，我们可以这样说，对于每一个方面，都是全部。从每一个方面看，孩子教育不好都是全部责任。作为孩子的家长，不能认为孩子的教育是学校、家庭、社会三方面的事情，你只负三分之一的责任。不，你负的是全部责任！（同样，学校和社会亦当如此）传统的东西不是一概都坏，许多修身养性的内容都是现在亟须的。传承几千年的东西总有它存在的理由的，至少有一定的"合理内核"，即使有一点点，我们也应当吸收过来。社会发展至今，我们是必须要用人类创造的一切文化文明武装我们自己了！不然，民族危矣，国家危矣！

还有,教育孩子言传身教很重要。你的一言一行,在孩子心中都是榜样,即使他们不是有意跟你学,也会对他们的成长产生相当大的作用。像上边举的实例,孩子的心灵里会有怎样的变化,会种上什么样的种子,会开出什么样的花朵结出什么样的果实,难道不令人惴惴不安、心惊胆战吗?

所有的爸爸妈妈,所有的方方面面,好自为之吧!

谈谈父慈子孝及其他

我写的一篇小文《如此教育岂有不失败的》在"新华博客"发出来以后,引来众多网友浏览,说明教育问题或者单说家庭教育问题已到了必须予以关注的时候了。下边仍接续那篇文章的主题,谈谈关于"父慈子孝"以及相关的问题。

记得很小的时候读过一部古史演义之类的书,叫什么名字忘记了,但里面的几句话至今记忆犹新:父慈子孝,父不慈不能专责子不孝,子不孝不能专责父不慈。对这个话题还讲了一些道理。那意思是,世上为人,作人父,作人子,应各有责任,各有义务,谁都不能因为自己的问题而一味责备对方,以此达到推卸自己责任的目的。一切都是相互的,新词叫"互动"。这应该是不错的。

人从一来到这个世界,注定就有了权利和义务,有了责任,这是无可怀疑的。无论是谁,无论他有怎样的信仰,怎样的地位,怎样的财富,怎样的处境,都逃不脱这些东西。现在的问题是,权利和义务的关系失衡,父慈和子孝问题模糊不清。父慈子孝原是古人常谈的,现在好像没多少人谈了,更不用说下一点儿功夫研究它了。其实,这个问题是值得研究的。研究学问实际上就是研究关系，种种学问就是种种关系。父慈和子孝是一对矛盾，是一组关系，也是一个学问。

父慈子孝问题看似小问题，实则大问题。家庭是社会的细胞，譬如人的身体，是由许多个细胞组成的。一个细胞坏了问题不大，很多细胞坏了就成问题了。我们都知道癌症的严重，癌症的形成就是细胞的变异，当癌细胞达到和超过一定的数量时，好细胞和坏细胞的比例关系发生了变化，癌病便发生了。同理，家庭和社会的关系也是如此。父不慈子不孝的问题一旦成为问题，家庭形态就不稳；家庭形态不稳，如果多了，普遍了，社会形态亦随之不稳，原有的社会秩序就要紊乱；再如果这种紊乱面积大了，量变发展到质变，人类社会就真的有大麻烦了！

由此可见，父慈子孝问题实在不是一个小问题。

父慈以及子孝的内容似乎不成问题，虽各有不同，千差万别，还是在具体情况下人皆能详的。问题不在这里，问题在于这之间的关系，这关系如何处理。我注意到拙文发了以后，有不少这样那样的评论，赞者有，提出补充和另外问题的也有，其中就有牵扯到这个问题的。

父慈子孝关系的处理是一个比较复杂的问题，因为"家家都有一本难念的经"，诚如某些网友所言，所有特殊情况都可能存在。但是，我只从一个角度说，那就是"自己"！一个人，不管他是人父还是人子，如果都从自己的责任出发，那问题的解决会是什么样子？现在有不少学者，认为人都是自私的，都是从自我出发考虑问题的，凡事先有我而后有他。那么，这里"以其人之道还治其人之身"，不妨大家都从自身出发试一试，都各尽自己的责任，作人父的，不管儿子怎样，以心待之，用好自己的权利，尽到自己的责任，一如既往，一慈到底；作人子的，不管父母怎样，也用好用足自己的权利和义务，一路行孝，一孝到底，——如是，效果会是怎样呢？我们每一个人只要多从自身找问题，多用道德约束自己，用人类迄今为止所创造的一切有用的知识武装自己；同时，言传身教，把好的东西给我们的子女，给我们的下一代。若此，天下还愁不和谐吗？如果人人如此，代代相传，那效果又会怎样？我相信，如果真能这样的话，这个世界就会美好得多。

说一说"都只会说别人"

我没和外国人长时间打过交道,不知他们是不是也这样,反正我们中国人差不多都如此,就是:都只会说别人。

星期六休息,中午没事,到郊区的一家农贸市场去买菜,正碰上有人吵架。是两位女士,起因是一位吐痰时不小心吐到另一位的衣服上,于是"战火"烧起,方兴未艾。本来这事情不复杂,吐人的女士道个歉,给被吐的把痰擦干净就得了。可是不,非得吵起来,蒸了不吃炒(吵)着吃,没有办法,两个人还吵得非常厉害,没有"休战"的迹象。正吵着,那被吐的女士脸一转"咔"一口,就吐在了旁边一位男士的裤脚上。我是站在外围的,对这一切看得真切。男士只顾看要哭的吐人的女士,全然不知他已经被人吐了。幸好他不知,不然又要节外生枝,"三国混战"了。最让人"佩服"的还数那位吐了男士的女士,她脸一转,声音更洪亮了,好像喉咙里的障碍物出来了,吵起来顺畅了,道理说得有板有眼,连骂人的话都叫人掰不出岔子,什么吐人不文明了,什么有违社会公德了等等,不一而足。

我没有继续看下去,不晓得她们最后的结局是什么样子。我不想再听她们的攻讦和辩诉了,只想早早离开这烦扰的场合。但是,我却想了许多,其中就有"都只会说别人"这句老话。

都只会说别人,民间有一句特形象的话:老鸹(乌鸦)落在猪身上——只看见别人黑,看不见自己黑。这似乎是很普遍的现象,也似乎人人身上都有那么一点。

人是喜欢挑别人的毛病的。为什么会这样?我还真讲不清楚。从心理学的角度,恐怕是为了自娱的需要,为了自我满足,把自己的满足建立在别人的不足之上,以别人的不足来衬托自己的满足,以别人的不完全来说明自己的完全。这也叫有比较才有鉴别,高尚是相对于卑下的,没有平地哪显得着高山,没有瑕疵就没有完美。所以,为了证实自己完美,就只需挑出别人的瑕疵,这种证明方式是再简单不过的了。事实上,一个人如果要打败对方,只要找出对方的弱点,最好是致命弱点,三下两下,就可以将对方战胜。而要保护自己,也只需找出对方的不足,以己之长攻人之短,或者暴露人之短,先丧失其锐气,达到以攻为守的目的。挑别人毛病有如此好处,久而久之,便形成了集体意识,以至于"集体无意识","都只会说别人"也就成了人性的弱点。

于是我又想到了人的体征。人的眼睛不是长在自己脸上的吗?正是因为长在自己脸上,它的主要功能之一就是为了看别人,看别物,它是看不见自己的脸面和背后的(除却使用镜子等借鉴物,但这应不算自然的功能)。它是不是也为"都只会说别人"找到了实体例证?也许是吧。

但是,人毕竟是理智的动物。人是会思维的,人有约束自己的能力,而恰恰因为有了约束能力,人才成其为人。就是说,人是不能够无限自由的,人应该且必须有所约束。人就是因了这约束,文明才成为现实,否则还只能在蛮荒之中。许多事实证明,人的最高成就往往产生于与人性的自由背道而驰的时候,产生于与人的本性相出入的地方。"都只会说别人"尽管是人的天性,我们却有理由抛弃它,远离它,以成就我们人类自己。以前所提倡的批评与自我批评就是在这个方面的革命,这是一次真正意义上的革命,是灵魂深处和本源性质的革命。时至今日,我们还是要坚持把这场革命进行

阳台上的花

到底,唯其如此,人类才能够拯救自己,才能不断从低层次文明走向高层次文明。

要实现这个革命,起码有这样几点要做到(无先后之分):

第一,要把自己纳入到人群之中,认为自己只是他们中的一份子。

第二,要认识人无完人,自己永远存在不足。

第三,要多从自身找问题,不怨天尤人。

第四,要设身处地为别人考虑,学会换位思考。

第五,要多学习别人的长处,不断补己之短。

第六,要有平等之心,不想着压倒别人。

第七,要正确对待别人的批评,善于接受他人的意见。

第八,要学会理解,学点唯物论和辩证法。

"放得下"与"放不下"

有一个故事，一个和尚带着他的徒弟出门化缘，路过一条小河，见一位小姐立于河边，望洋兴叹，苦于无渡。小河不大，河水也不深，可对于当时的闺秀来说，却成了迈不过的"坎"。和尚略一沉疑，便主动上前，征得同意，背起小姐，涉过河去。小姐过得了河，粉面通红，俯首言谢。和尚若无其事，扬长而去。走了二三里路，小和尚越想师傅越不应该，出家之人，八戒为最，何况男女授受不亲，您怎么能背她过河呢？忍无可忍，就问师傅。和尚听了，微微一笑，这事？我早忘了。接着正色说道，人家有难，理应相助，这是佛家慈悲，无论何人，只是需要帮助之人，不管男女，都是有难众生。此次事故，我已不记得，这叫放得下。可是你却老在心中盘桓，就是没有放下。放下者一身无染，放不下者就是罪过，阿弥陀佛！

这个故事的意思似乎显而易见。世人都赞赏这种"放得下"。

还有一个故事，就是陆游与唐婉儿的爱情传奇。陆游与表妹唐婉儿本是恩爱夫

阳台上的花

妻,感情甚笃。但因陆母不喜欢唐婉儿,终被迫休离。十年后的一个春日,陆游独游沈园与唐婉儿邂逅。唐婉儿以酒肴款待,陆游感伤万分,惆怅不已,随即在园壁上题下一词,抒发了自己内心的眷恋相思之情和无尽的追悔悲愤。

红酥手,黄藤酒,满城春色宫墙柳。东风恶,欢情薄,一怀愁绪,几年离索。错、错、错! 春如旧,人空瘦,泪痕红邑鲛绡透。桃花落,闲池阁。山盟虽在,锦书难托。莫、莫、莫!

唐婉儿读后百感交集,含泪和词一首:

世情薄,人情恶,雨送黄昏花易落。晓风干,泪痕残,欲笺心事,独语斜栏。难、难、难! 人成各,今非昨,病浑常似秋千索。角声寒,夜阑珊,怕人寻问,咽泪装欢。瞒、瞒、瞒!

此后郁郁寡欢,快快而卒。二词绝望凄楚,缠绵悱恻,感人至深,荡气回肠,催人泪下,唐词尤甚。四十年后,陆游沈园重游,含泪写下《沈园》,以纪念唐婉儿:城上斜阳画角哀,沈园非复旧池台, 伤心桥下春波绿,曾是惊鸿照影来。 梦断香消四十年,沈园柳老不吹绵。 此身行作稽山土,犹吊遗踪一泫然。

唐婉儿对于他们的爱情可谓"放不下",但是这种"放不下"又是被人们百般歌颂的,千百年来,一直传为悲剧佳话。

"放得下"也好,"放不下"也好,都是一种心态,是对事情的处理形式。我们主张一切要"放得下",就是说,不要让已经发生的事情成为包袱,成为我们前进的心理负担,要保持正常的心态和纯洁的心理,如果总是"放不下",势必影响我们的工作或者计划的执行。但是,这种"放得下"也是对于具体的问题而言的,是具体问题的具体处理方法,也就是说,它是针对具体问题的有限度的说法,并不是世间的事情都可以"放得下"的。有些事情就需要"放不下",比如信仰,比如诺言,比如对人的诚信,比如爱国之心,比如人性之善等等,就不能"放得下",就必须时时牢记,铭刻于心,践约于行。这就是辩证法。和尚背女人过河,这件事是必须"放得下"的,不然,和尚便不成其为和尚,秩序便也不成其为秩序了。而唐婉儿对爱情的忠贞就不应能"放得下","放得下"了就没有了这段佳话,"放不下"才是她的感情的必然。

由于"放得下"与"放不下"之间客观存在的辩证关系，人们对于二者往往难于区别，于是处理和看待时就出现偏差，该放下时偏偏"放不下"，不该放下时又偏偏"放得下"，就使人世间的许多事情乱了套，以致造成无法弥补的损失。举一个例子，有一个血气方刚的小伙，很长时间以前他伙同几个朋友打架，把一个同样血气方刚的小伙打了，没有造成多大后果，此事便不了了之。可是，这个打人的小伙反倒老是嘀咕，以为人家会报复他。后来有一天，他想，我要先下手为强，废了他再说。他藏了匕首，看准机会，捅了那个小伙一刀。那个小伙倒在血泊中。倒在血泊中的小伙莫名其妙，用最后的力气问他："你为什么杀我？我又不认识你，你为什么……"那个小伙死了，杀人的小伙意识到自己猜疑错了，良心发现，投案自首。悲剧不该发生，这件事本来过去就算了，人家都"放得下"了，而打人的人反倒"放不下"，是多么不应该啊！

　　生活中常有这种现象，我们应当认真分辨，哪些是必须"放得下"的，哪些是要"放不下"的。一般地讲，大部分事情都是应该"放得下"的，只有很少的是"放不下"的。"放得下"的大多是具有物质形态的事情，"放不下"的则是精神信仰方面的东西。即使是"放不下"的，也要有正确的态度，不能成为精神枷锁，使事情适得其反。

　　我们在生活中要做到"放得下"，这里有一个非常原则的问题，就是"善良"、"和谐"是根本，即：心地要善良，谋事要和谐。方法上就要正确思考问题，要分析矛盾，分清矛盾诸方面和主要矛盾次要矛盾，以及主要矛盾的主要方面，找出基本点，既运用"一分为二"的方法，也运用"合二而一"的方法，两和则友，与人为善。当然，如果是对待敌人，那又是另外一种态度和方式。这叫做不同质的矛盾用不同质的方法解决，该"放得下"的就一定"放得下"，该"放不下"的就一定"放不下"，不能该"放得下"的却"放不下"，该"放不下"的偏又"放得下"，那就麻烦了。

伞之妙与缺憾

有朋友在一起大侃。某友说，世间女人最聪明。问其故。曰：只举眼前的例子，你看，满街上花花绿绿的阳伞，哪一把下边不是女人？这就是女人的聪明，使用伞的聪明。他进一步说，伞嘛，晴天遮太阳，雨天挡雨，晴雨都有用，她们是把伞用到极致了！

细想想，不错，还真叫朋友说着了。记得日本有一个作曲家爱写随笔，他写过一篇《坤包》，说自己老想窥一窥女人的坤包里究竟都装了些啥，一直不敢造次。他的这篇东西曾经引起我对坤包的兴趣。一次，竟意外发现她们的包里除了装些女人之用以外，还有一把折叠式的小伞。我就奇怪，天儿好好的，带伞做什么？那时侯我似乎还不谙世事，对伞的妙用不甚了了。待到了街上，看女人手里撑着的伞把荼毒的日头隔开了，顶在她们头顶上的是一片阴凉，便开始佩服她们。心想，我怎的就不打一把伞出来呢？男人们怎的就不打阳伞呢？说给男同胞听，他们听了少不了一场哄笑，弄得我从此不敢多言多语，现在想起来还脸红。但是，为什么阳伞就是女人的"专利"，男人偏偏摸不得呢？这道理好像一直未做深究。然而我想，肯定与女人爱美有关，伞把太阳遮住了，紫外线不能直接接触她们的粉脸，就能保持她们的白皙，保持她们的漂亮，满足她们的爱美之心。另外，阳伞本身也是一道风景线。你看吧，各样花色，各种品牌，一般而言，你欣赏了阳伞，也欣赏了各类女人。普通市民家里的女人，她们所使用的伞具，是平常又平常的，色彩单调，价格低廉，往往很不起眼，在伞的海洋里像藻类一样让人生厌而无可奈何。富贵人家的太太小姐则不同了，由于伞的价值不菲，其花样特鲜，叫人眼花缭乱。而且，她们打伞的姿态也显优越，伞下的人器宇不凡，那伞也就洋洋得意的样子。丑些的人有了伞便分明好看得多，靓丽的人就更加美不复加。夏日多雨，刚刚还骄阳似火，马上翻脸，一片乌云飘在头上，哗哗哗下起雨来。猝不及防的男人们淋得落汤鸡似的，有伞的女人优哉游哉，看了淋雨的男人或许在心里发笑呢也不好说。男人就后悔为什么出门不带伞。可是以后呢，依然故我，只要不是出门时正下雨，还是不带伞的。没有办法，习惯使然。

其实，伞还有别的妙用。一次有人给邻居大龄女介绍对象，这个大龄女比较怕羞，平时是不和男人打交道的，单独和男的一起就脸红，话也说不出。那天是个晴天，我有事出门，在黄河边儿上看见了她。她拘束地坐在一块石头上，手里的伞撑开了，在面前晃来转去，有时遮住半个脸，有时遮住整个脸，不时拿眼睛偷瞅斜对面的男人。也许是伞的"掩护"起了作用，这一次相亲竟然成功了。于是我想，还真不能小看那一把把的伞哪！

无怪乎人们有"保护伞"一说，道理大着哩！

不过我也想，伞的保护作用毕竟是有限的，伞大不遮天，往往顾此而失彼。比如，太阳底下，脸有了阴凉，胳膊以下常常暴露在"光天化日"之下。为了避免爆晒，靓女们就要另外加一块布，虽然巧妙的服饰把它装点成美的饰物，但于情于理于自身都不那么吻贴。遇了风雨，伞的作用也是微乎其微的，即使风不把它吹偏，雨点也照样打在身上，一路走来，怕也要湿了上身湿下身，浑身上下没有干的地方。这就是伞的缺憾了！

当然有伞比没有伞要好。

你还要看这话怎么说，用在什么地方。如果引申了用呢？我看未必就好。

这后边的话只是戏言，笔者意不在此也！

阳台上的花

翘望奥运

远离北京的徐州,到处鲜花锦簇,彩旗招展,人们脸上分明挂着前所未有的笑容。这是什么日子,竟让城市如此打扮,人们如此兴奋?

啊,原来都是为了北京 2008 奥运! 大家都在翘首望北京,翘首望奥运。

还有三天不到的时间,北京奥运就要隆重开幕了!

我和所有人一样翘首而望。是的,全国人民也都在翘首而望!

都说:"百年奥运梦,今天终于实现了!"然而,中国人民为什么如此期盼奥运在中国举办? 为什么付出了如此热情和代价也希望北京奥运成功?

一曰:强国梦。清朝末年,官宦腐败,朝廷无力,外强侵入,民不聊生,社会极度动荡。此时奥运兴起在西方,显示了西方的强大。国人为之一惊,看到了自己的落后,羡慕外强的炫耀。于是,"奥运"梦起。之后,有识之士纷纷义举,企图振兴国家,挽民族于狂澜,改变"东亚病夫"的形象,让中华民族自立与世界民族之林。而奥运,只落户强国，它"姓"强不"姓"弱。这就让国人常想，什么时候我们也能举办奥运会？中国共产党领导全国人民，经过30多年的浴血奋战，建立了新中国；又经过近60年的艰苦奋斗，我们的国家强大了！我们炎黄子孙，终于等到了真正扬眉吐气的一刻：中国，中国的北京，奥运之火点燃了！

二曰：富民梦。国强必须民富，民富才能真正国强。奥运是民富的一种体现方式。奥运有"阶级眼"，它的确"嫌贫爱富"，如当年侯门之燕不落贫穷之家。奥运来了，人民就富了，似乎已成为普通百姓的共识。在这种意识指导下，人们怎能不盼奥运？盼呀盼，多少人为此付出了牺牲，多少人盼瞎了双眼，多少人没有等到这一天！今天，人民确实富了，奥运真的来了，谁能不兴奋异常？

三曰：展示梦。奥运是世界体育盛会，国际上从官方到民间无不关注，任何一个举办奥运的国家或地区，都为能有这样一个展示自己的机会而自豪，而忙碌，而施展各种手段，都不放过这么一个机遇，展示自己的强大，展示自己的富有，展示自己的文化，展示自己的能力。这个展示，无疑是向世人宣示自己民族的尊严。北京举办2008年奥运，正是这样一个展示中华民族的机会，我们要让地球村的居民们都知道，中国人民真的站起来了！

四曰：融入梦。奥运还是一个融入国际大家庭的好时机，我们把自己推介给世界，便融入了世界。当然，中国从来都不是一个闭关自守的国家，过去、现在有人说我们闭关自守，不是对中国历史不了解，就是别有用心。相反，中华民族最海纳百川，不仅包容而且可以同化任何一个外来文化。帝国主义封锁中国之际，我们只有靠自力更生，那是被逼出来的，理当别论。一百多年，西方列强把我们打入"另册"，无时无刻不在想消灭我们这个伟大的民族，使我们与世界隔断了。我们要和大家一样享受这个世界，"融入"是非常必要的。我们一直都想"融入"，我们一直在等待机会"融入"，如今等到了，我们的梦想成真了，我们要用东方的文明热情欢迎他们，把我们自己加入到这个队伍中去。

其实，所有国家的人民都在做着奥运梦，"同一个世界，同一个梦想"，是非常准确的写照，只不过个别人的梦里有"杂音"而已。

北京奥运,是我们扬眉吐气的盛会!

北京奥运,是全中国人民的盛会!

大江南北,长城内外,东海之滨,天山之麓,无处不在迎接和庆祝。徐州的气象,只是其中的一个缩影。

我翘望奥运,我为北京奥运自豪,我为中华民族自豪!

吃伏羊

　　快到中午的时候，有朋友约我去吃伏羊。说今天是星期六，有空了，聚聚。伏羊节那天因我有事情，没有吃，正想着哪天吃一顿呢，朋友约了，我便十分爽快地答应了，爽快的好像专门等着他的邀请！

　　徐州人吃伏羊历史悠久，最早可追溯到尧舜时期。徐州民间就有"彭城伏羊一碗汤，不用神医开药方"的说法。所谓伏羊，即入伏以后的羊肉。伏天吃羊的习俗，既暗合"天人合一"质朴的养生观念，也有相当的科学成分。山羊经春夏两季饲养，膘肥肉嫩，宰杀后肉味醇厚，膻味小，汤汁鲜美，宜食用。伏天里人身体有积热，吃羊肉时加些辣椒油、米醋和香菜等，吃得全身出汗，可驱走五脏积热和体内毒素。《食疗本草》中对羊肉、羊肚、羊肝、羊心、羊骨等的食疗作用分别进行了简述，元朝的贾铭在《饮食须知》中对羊肉的药用价值及饮食方式作了介绍。明代的李时珍在《本草纲目》中称"羊肉甘热无毒。食之肥软益人，治冷劳山岗疾痢，妇人赤白带下，疗筋骨急强，虚劳益气，利产妇。"李时珍参定的《食物本草》中介绍了羊的产地、品质以及食疗作用和饮食宜忌，并且记载了羊肉的 26 种食疗方法，其中有羊肾"主补肾气虚弱，益精髓"、羊肝"味苦、寒，主补肝治肝风虚热"、羊心"主补心过忧患膈气"、羊肺"主补肺，止咳嗽，祛风邪"等说法。羊肉本是热性，冬季里吃发暖保暖，驱寒辟邪，而大伏天的吃了却能防暑，实在不可思议，但却是真的，众口一词，这大概就是"以毒攻毒"吧！过去我不知道人们吃伏羊时是不是有这意识，反正现在随着现代化宣传工具的发达，几乎人人皆知了。于是，吃伏羊就真的成了徐州人的一道风景线，连平时不大爱吃羊肉的人也排队等吃，大有不吃伏羊就不懂科学、就不是徐州人、就枉来徐州一回之势。

我们在一个羊肉馆里等了个把小时，才终于等着了一个位子，几个人坐下来点菜，无非是凉、炒、烧、汤之类，全是羊，羊身上出的菜。

顺便说一下，吃羊肉是不宜于去大饭店酒楼的，那里没有这种气氛。羊肉馆大都简陋，大不了几间房子(或棚子)，一个大厅(或一片空地)，几张、十几张乃至几十张桌子。桌子一般也是徐州的老古董——"案板"，凳子自然就是配套的小矮板凳，往上边一坐，"其乐也融融"，家庭式的热烈就烘托出来了。不要说再去吃发热汗的羊肉，就这，加上闹哄哄的人语说笑，已经叫人大汗淋漓了。那大汗一出，心里的惬意只有亲临其境和亲口吃伏羊的人才能体会出来。

我们打开啤酒，喝一杯啤酒，夹一筷子羊肉，真如快活神仙。调料里还带着大葱，羊肉进口，顿觉热腾腾的(大约是心理作用)，葱味儿同时把鼻孔钻得更通畅了。

吃伏羊的具体细节就不说了，一句话，很开心，很爽！那羊肉也特别地好吃，膻味不大，却别有风味，越吃越觉得馋。好一个"酒逢知己千杯少"，羊肉吃了一桌子，啤酒喝了几大捆，我们桌下全是空瓶子。羊肉馆不是大饭店酒楼，是不能长时间沽酒的，看看差不多了，我们带着几分留恋起身而去。临离开，羊肉馆老板走了来(他好像都是这么亲自迎来送往的)，笑嘻嘻地跟我们打招呼，问，吃好了？我们回，吃好了。问，味道还合胃口吧？我们回，太棒了！他就说，欢迎下次再来。我们就扯着嗓子(我们平时都是斯文人)，异口同声，下次一定来！

其实，我写"吃伏羊"，却不是因为这次吃得好，乃是因为我想起了"伏羊节"作为徐州一个文化节的来历。徐州当地的羊都是老山羊,这种羊肉鲜而紧,味香而甘,是食疗食补的好原料;徐州人吃伏羊时代久远而人群广泛,其中典故也着实不少。但是,几年前吃伏羊并未形成"节",形成"节"只是近几年的事情。七八年前,我的一位搞策划的朋友(今天不在我们吃伏羊行列)突发奇想,根据徐州人爱吃伏羊的习俗,进行了必要的"包装",联络了几个同道,纯粹在民间悄悄准备了很长时间,投入了大量精力和财力,又一个一个跑羊肉馆饭店,对他们做了不知多少思想工作,顶住了不知多少讽刺打击,在大家还不相信能搞起来的情况下搞起来的。他的辛苦,至今也许没有几个人知道,也许永远进不了史册,可是他居然做成功了! 一连三年,一年比一年红火,影响面越来越大,不仅在徐州,连周边地区都带动起来了,逐渐形成声势,形成规模,终于让官方认可。有人说他从中捞了不少钱,我不知道,可我同意这说法,他是个自由职业者,他不赚钱怎么生存? 然而,我和他接触时,他讲的却都是饮食文化,却都是伏羊节搞起来对徐州的作用和影响,是传统文化、地域文化、习俗文化和现代文化结合起来将是怎样的力量,将会给徐州带来什么效益和变化,如此等等。至少,他是从这个角度着眼思考问题的,是从这个高度为自己赚钱的。"君子爱财取之有道",有何可指责的呢? 他策划搞成的伏羊节,客观上给地方带来的是什么,有目共睹,而且随着时间的推移,一年一度的伏羊节必将会给社会生活的方方面面带来更大影响和更多效益。我们在衡量一种行为的时候,不仅要看其主观,重要的还要看客观作用。我不说我的这位朋友不自私,但是更要看他策划的结果,以及社会效益。仅此,当我们吃伏羊的时候,当我们在伏羊节里因此获利数钞票的时候,当我们看到伏羊节已作为文化节成为地域文化的时候,我们还忍心对他的些微小利而斤斤计较吗?

看人看大处,看主流,不拘小节,我以为永远不过时。

第三届以后,伏羊节就由政府接办了。政府的主导和参与使伏羊节正式形成,这也是客观存在。个别人认为政府参与把伏羊节搞糟了,是不符合事实的。当然,走了些弯路也不容人否认。起初,政府看到了伏羊节的商机(主要为了打造徐州品牌,招商引资,"文化搭台经济唱戏"),接了去。接手的那一年让一个大饭店主办,结果那个大饭店亏了,而全市的饮食行业仍是进项多多。为什么那个大饭店亏了? 他不是做这个羊肉行当的,吃客不认他,造成他投入了却没有产出。两三年的伏羊节都是如此。可见,凡事都是有规律可循的。今年政府似乎放了手,只给政策给环境给指导,主要由民间搞,民间相关社团推波助澜,还组织了大型祭彭祖活动,整个伏羊节有声有色,遍地开花,形势喜人。

话说回来,伏羊节为什么会越办越好？是有条件的,徐州人爱吃羊肉爱吃伏羊是其中必要条件。不论是政府还是个人,都是顺应了这个自然,有地利,有人和,又抓住了天时,才能成就其事。否则,换个不爱吃羊肉的地方,换个根本不吃伏羊的地方,试试,就不会成功。这是没有办法的事,不是谁想怎么做就能怎么做的。

中午吃伏羊吃出了一篇随笔,是我始料未及的。无论高下优劣,把它发出来,也算没白灌了几瓶啤酒。李白能"斗酒诗百篇",我不能。但几瓶啤酒还是有点儿作用的,我喝的是啤酒,吐出来的是带拐味儿的"伏羊"肉渣滓,已经很不容易了！

试谈民俗文化在社会生活中的作用

民俗,简单地说,就是民间风俗习惯。它是一种社会生活形态,也是一种文化形态,是依附于人民的生活、习惯、情感与信仰而产生的文化。它重在一个"民"字,是民众的,为民众拥有,为民众传承;表现在一个"俗"字,约定俗成,自成体系。它产生于人们的精神信仰、传袭力量和习惯势力,还有一点就是从众心理。在中国,民俗文化是中华文明的重要组成部分,它渗透于民间乃至宫廷生活的方方面面,长期以来起到了"礼"的作用,成为了维系社会生活秩序的举足轻重的"工具"。

那么,在社会生活中,民俗文化都有哪些作用呢? 笔者不揣冒昧,试择要而述之。

首先,它体现了中国精神。人们的生活中处处充满文化,这种文化的表现往往是不自觉的,但却是踏踏实实的文化,民俗即是其一。统治者的思想,道德的弘扬,圣贤者的主张,精神的追求,只有和具体的生活形态紧密结合,才是最完美的落实。现实生活中,民俗则是理想的载体。中华民族的民俗,从一开始就充盈了中国精神。比如"清明节"，大约始于周代，已有 2500 多年的历史。清明一到，气温升高，正是春耕春种的大好时节，故有"清明前后，种瓜种豆"、"植树造林，莫过清明"的农谚。由于清明与寒食的日子接近，而寒食是民间禁火扫墓的日子，渐渐地，寒食与清明就合二为一，形成目前的清明节。寒食来源于春秋战国时代，晋献公的妃子骊姬为了让自己的儿子奚齐继位，就设毒计谋害太子申生，申生被逼自杀。申生的弟弟重耳，为了躲避祸害，流亡出走。在流亡期间，重耳受尽了屈辱。原来跟着他一道出奔的臣子，大多陆陆续续地各奔出路去了。只剩下少数几个忠心耿耿的人，一直追随着他。其中一人叫介子推。有一次，重耳饿晕了过去。介子推为了救重耳，从自己腿上割下了一块肉，用火烤熟了送给重耳吃。十九年后，重耳回国做了君主，就是著名春秋五霸之一的晋文公。晋文公执政后，对那些和他同甘共苦的臣子大加封赏，唯独忘了介子推。有人在晋文公面前为介子推叫屈。晋文公猛然忆起旧事，心中有愧，马上差人去请介子推上朝受赏封官。可是，差人去了几趟，介子推不来。晋文公只好亲自去请。可是，当晋文公来到介子推家时，只见大门紧闭。介子推不愿见他，已经背着老母躲进了绵山（今山西介休县东南）。晋文公便让他的御林军上绵山搜索，没有找到。于是，有人出了个主意说，不如放火烧山，三面点火，留下一方，大火起时介子推会自己走出来的。晋文公乃下令举火烧山，孰料大火烧了三天三夜，大火熄灭后，终究不见介子推出来。上山一看，介子推母子俩抱着一棵烧焦的大柳树已经死了。晋文公望着介子推的尸体哭拜一阵，然后安葬遗体，发现介子推脊梁堵着个柳树树洞，洞里好像有什么东西。掏出一看，原来是片衣襟，上面题了一首血诗：

　割肉奉君尽丹心，但愿主公常清明。

　柳下作鬼终不见，强似伴君作谏臣。

　倘若主公心有我，忆我之时常自省。

　臣在九泉心无愧，勤政清明复清明。

晋文公将血书藏入袖中。然后把介子推和他的母亲分别安葬在那棵烧焦的大柳树下。为了纪念介子推，晋文公下令把绵山改为"介山"，在山上建立祠堂，并把放火烧山的这一天定为寒食节，晓谕全国，每年这天禁忌烟火，只吃寒食。第二年，晋文公领着群臣,素服徒步登山祭奠,表示哀悼。行至坟前,只见那棵老柳树死树复活,绿枝千条,随风飘舞。晋文公望着复活的老柳树,像看见了介子推一样。他敬重地走到跟前,珍爱地掐了一下枝,编了一个圈儿戴在头上。祭扫后,晋文公把复活的老柳树赐名为"清明柳",又把这天定为清明节。此后,寒食、清明成了全国百姓的隆重节日。每逢寒食,人们即不生火做饭,只吃冷食。在北方,老百姓只吃事先做好的冷食如枣饼、麦糕等;在南方,则多为青团和糯米糖藕。每届清明,人们把柳条编成圈儿戴在头上,把柳条枝插在房前屋后,以示怀念。不难看出,清明节所折射的深刻的内涵。这是一种中国精神,在君是一种警示,在臣是一种鞭策,在民是一种信念。再比如"端午节"亦是如此。关于端午节的来源,至少有四五种说法,诸如:纪念屈原说,吴越民族图腾祭说,起于三代夏至节说,恶月恶日驱避说等等。迄今为止,影响最广的端午起源的观点是纪念屈原说。在民俗文化领域,我国民众把端午节的龙舟竞渡和吃粽子都与屈原联系起来。传说屈原投江以后,当地人民伤其死,便驾舟奋力营救,因有竞渡风俗;又说人们常放食品到水中致祭屈原,但多为蛟龙所食,后因屈原的提示才用楝树叶包饭,外缠彩丝,做成后来的粽子样。爱国是人的基本道德,人们纪念为爱国而死的屈原,寄托了无限的情思,所体现的恰恰也是中国精神。

其次,增强了民族认同感。由于民俗文化的集体性,说到底,民俗培育了社会的一致性。民俗文化增强了民族的认同,强化了民族精神,塑造了民族品格,集体遵从,反复演示,不断实行,这是民俗得以形成的核心要素,也是民俗对于社会人群的一大贡献。比如"春节"和"中秋节"两大节日,人们互相走动,拜亲访友,沟通感情,加强联系。新年的初一,人们都早早起来,穿上最漂亮的衣服,打扮得整整齐齐,出门去走亲访友,相互拜年,恭祝来年大吉大利。拜年的方式多种多样,有的是同族长带领若干人挨家挨户地拜年;有的是同事相邀几个人去拜年;也有大家聚在一起相互祝贺,称为"团拜";对远方的亲友,就发个"贺年片",以示拜年。中秋"圆月",图的是一个团圆,是家族的认同。家庭是社会细胞。家庭认同,家族认同,亲友认同,扩而大之就是民族认同。亘古以来的祭祀活动,更是人群族团的"认祖归宗"行为。祭祀黄帝陵是炎黄子孙的一件大事,早在春秋战国时代就开始了。从孔子、孟子的文章中和他们与学生对话语录中,已经得到证实。据《吕氏春秋·安葬篇》、《七国考》、《山海经》这些古史书籍记载:"墓设陵园"在秦代开始形成一种制度。黄帝陵园最早建于秦代,刘邦建立大汉后,汉朝初期就在桥山西麓建起"轩辕庙"。后来宋太祖赵匡胤降旨,将轩辕庙由桥山西麓迁移桥山东麓黄帝行宫。这就是当今人们前来拜谒的轩辕庙。历代帝王都要祭拜,以这种方式凝聚人心。台湾国民党主席连战和亲民党主席宋楚瑜都前往祭拜。2005年5月6日宋楚瑜及亲民党大陆访问团祭拜黄帝陵时候的祭文是:

吾祖峻德,万古流芳;平定荒漠,举世称殇。订律设制,立五千年不拔之根基。造车指南,辨兆万民不易之方向。功垂千古,名扬万邦;造福生民,益发其祥。今值两岸,协力互惠之际;仰祈灵佑,天道酬谢之德。锡福策勉:兄弟扶持成大业,二十一世纪振八荒;益兹激励:炎黄子孙不忘本,两岸和平一家亲。山岳巍巍,河海荡荡,缅怀祖德,永矢弗忘!掬诚告奠,伏祈灵鉴!

该祭文情真意切,明确两岸一家亲,可以看做两岸和平统一的重要文献。由此可知,民俗也是培养民族认同的摇篮,是民族和谐的特殊形式,其作用不可小觑。

第三,维系了社会秩序。社会是一个大家庭,而人类却充满争斗和矛盾。这种情况下,社会实际上是无序的;而无序的社会是不适应社会发展的。于是,便有国家机器。可是,国家机器的管辖有效也有限,这就需要更多的手段。民俗的存在恰好能够充当这个工具。比如婚丧嫁娶,每一件都是复杂的事情,没有个"一定之规",难免出现问题,形成社会的不稳定。比如,徐州一带丧礼"规定":老人死了之后,首先移床,子女把去世的老人抬到宽敞的地方(农村则是堂屋当门),一定要儿子抬头部,女儿抬脚,顺序不能颠倒。老人咽气后要"喊路",送过"奈何桥",为的是"一路走好"。然后请先生根据农历选择好日子下葬。新风俗是三天火化,一个儿子一期(七天)内,两个儿子以上必须停尸两期(过七天就算)以上。下葬之后过三天到坟前圆三,过七天再去叫过五七,过一百天再去上坟,叫百日。然后有周年祭,父母双亡三年后的清明才可以立碑。重要的是出殡之时,宾朋满院,人心慌乱,如欲使死者"入土为安",子女"节哀顺变",亲朋"寄托哀思",整个葬礼顺利圆满,就必须有一套"规矩"。一般而言,至少要有一个"问事"的"大老执"("问事"的多了,要有一个总管的,现在的说法就是组成理事会,

"大老执"即理事长），操持里里外外大小事等，一切以礼仪行事，从迎来送往，到死者下地，使整个程序有条不紊。试想，如果没有这些民俗约定，岂不乱套吗？那造成的结局必是矛盾百出、一片混乱。

第四，满足了群体信仰和追求。比如过去学生入学第一件事是拜孔子，因为孔子是"祖师爷"，开创教育第一人，是圣人。他生于公元前551年9月28日（农历八月廿七），死于公元前479年4月11日（农历二月十一），名丘，字仲尼，春秋时期鲁国人，汉族，春秋末期的政治家、思想家、教育家，儒家学派创始人，有"万世师表"之称。孔子对后世影响深远，他在世时已被誉为"天纵之圣"、"天之木铎"、"千古圣人"，是当时社会上最博学者之一，曾修《诗》、《书》，定《礼》、《乐》，序《周易》，作《春秋》。孔子的思想及学说对后世产生了极其深远的影响。1988年，75位诺贝尔奖的获得者在巴黎发表联合宣言，呼吁全世界"21世纪人类要生存，就必须汲取2000年前孔子的智慧。"由此可见孔子思想之伟大。国人"望子成龙"，自然要让孩子拜孔子。徐州孔子学会成立时，举办了隆重的祭孔仪式，即是按民俗程序举行的，效果颇佳。再比如人们拜谒关帝庙，是出于对关羽的崇拜。三国时期蜀国的大将关羽，《三国演义》中这样评价："汉末才无敌，云长独出群，神威能奋武，儒雅更知文。天日心如镜，《春秋》义薄云，昭然垂万古，不止冠三分。"关羽重然诺，守信用，对刘备及其集团的利益无限忠诚，与刘备同甘共苦许多年，恪守信义，始终不渝，即使白马被擒，身在曹营，也仍不忘旧恩，终于复归刘备，忠义一时无两；关羽勇武异常，冠于全军。后世小说，写他温酒斩华雄、三英战吕布、斩车胄、斩颜良、诛文丑、挂印封金、千里走单骑、过五关斩六将、华容道、单刀赴会、水淹七军等，虽有违背史实之处，但却也突出表现了他的武勇和神韵。至于刮骨疗毒更是尽人皆知。关羽曾被乱箭射中，箭穿透其左臂，后伤口虽然愈合，但一到阴雨天气，骨头就常常疼痛。医生说："矢镞有毒，毒入于骨，当破臂作创，刮骨去毒，然后此患乃除耳。"关羽便伸臂让医生切开伤口。时关羽正在宴请诸将，"臂血流离，盈于盘器，而羽割炙引酒，言笑自若"。正是这些，令人敬仰，并与"文圣人"孔夫子齐名，被人们称之为武圣关公。人们为了纪念他，建了很多关帝庙。关帝庙已经成为中华传统文化的一个主要组成部分，与人们的生活息息相关，一座关帝圣殿，就是那方水土的民俗民风的展示;一尊关公圣像,就是千万民众的道德楷模和精神寄托;一块青石古碑,就是一个感天动地的忠义教案。这就是民俗文化的作用。

第五,丰富了大众精神生活。有的民俗是一种欢聚,如西方"狂欢节",中国一些地方的"泼水节",等等。泼水节是傣族群众最隆重的节日,也是云南少数民族节日中影响面最大,参加人数最多的节日。泼水节是傣历新年,相当于公历的四月中旬,节日一般持续3至7天。第一天傣语叫"麦日",与农历的除夕相似;第二天傣语叫"恼日"(空日);第三天是新年,叫"叭网玛",意为岁首,人们把这一天视为最美好,最吉祥的日子。节日清晨,傣族男女老少就穿上节日盛装,挑着清水,先到佛寺浴佛,然后就开始互相泼水,互祝吉祥、幸福、健康。人们一边翩翩起舞,一边呼喊"水!水!水!"鼓锣之声响彻云霄,祝福的水花到处飞溅,场面十分壮观。泼水节期间,傣族青年喜欢到林间空地做丢包游戏。花包用漂亮的花布做成,内装棉纸、棉籽等,四角和中心缀以五条花穗,是爱情的信物,青年男女通过丢包、接包,互相结识。等姑娘有意识地让小伙子接不着输了以后,小伙子便将准备好的礼物送给姑娘,双双离开众人到僻静处谈情说爱去了。其实,泼水节曾经是印度婆罗门教的一种宗教仪式,后为佛教所吸收,经缅甸传入云南傣族地区,时间约在十三世纪末至十四世纪初,距今有700年历史。随着南传上座部佛教在傣族地区影响的增大,泼水节的习谷也日益广泛。关于泼水节的传说,一般认为有两种:一是很早以前,一个无恶不作的魔王霸占了美丽富饶的西双版纳,并抢来七位美丽的姑娘做他的妻子。姑娘们满怀仇恨,合计着如何杀死魔王。一天夜里,年纪最小的姑娘侬香用最好的酒肉,把魔王灌得酩酊大醉,使他吐露自己致命的弱点。原来这个天不怕,地不怕的魔王,就怕用他的头发勒住自己的脖子。机警的小姑娘小心翼翼地拔下魔王一根红头发,勒住他的脖子。果然,魔王的头就掉了下来,变成一团火球,滚到哪里,邪火就蔓延到哪里。竹楼被烧毁,庄稼被烧焦。为了扑灭邪火,小姑娘揪住了魔王的头,其他六位姑娘轮流不停地向上面泼水,终于在傣历的六月把邪火扑灭了。乡亲们开始了安居乐业的生活。从此,便有了逢年泼水的习俗。而位于丽江华坪地区的傣家泼水节的故事却独具特色。这里的傣族人是中国乃至亚洲纬度最北的傣族部落。他们的故事是这样的:相传在很久以前,金沙江边一个聚居在密林深处的傣族村寨，因树林起火，村民处在被大火吞没的危难之中。一个名叫李良的傣家汉子，为保护村庄，不畏危险，冲出火网，从金沙江里挑来一桶桶江水，泼洒山火，经过一天一夜的劳累，山火终于被泼灭，村民得救，李良因为劳累汗流干了，渴倒在山头上。村民打来清水给李良解渴，但喝了九十九挑水也解不了渴。后来，李良一头扑到江中，变成一条巨龙，顺江而去。傣族人民为了纪念李良，每年农历三月初三这一天，每家房屋清扫一新，撒上青松叶，并在选定的江边或井旁，用绿树搭起长半里的青棚，棚下撒满厚厚的松针，两旁放上盛满水的水槽，午间太阳当顶时，众人穿行于棚下，相互用松枝蘸水洒身，表示对李良的怀念和对新年的祝福。这项活动延续至今，成为泼水节。两种说法不同，经过演变，都成了他们的"狂欢节"，这节日给当地人们带来无限欢乐，也给青春男女创造了相爱机会，使生活平添了不少乐趣。

第六，促进了民间物资交流。比如庙会，作为一种社会风俗的形成，有其深刻的社会原因和历史原因，而庙会风俗则与佛教寺院以及道教庙观的宗教活动有着密切的关系，同时它又是伴随着民间信仰活动而发展、完善和普及起来的。东汉时期佛教开始传入中国，同时，这一时期的道教也逐渐形成。它们互相之间展开了激烈的生存竞争，在南北朝时都各自站稳了脚根。而在唐宋时，则又都达到了自己的全盛时期，出现了名目繁多的宗教活动。如圣诞庆典、坛醮斋戒、水陆道场等等。佛道二教竞争的焦点，一是寺庙、道观的修建，二是争取信徒，招徕群众。为此在其宗教仪式上均增加了媚众的娱乐内容，如舞蹈、戏剧、出巡等等。这样，不仅善男信女们趋之若鹜，乐此不疲，而且许多凡夫俗子亦多愿意随喜添趣。为了争取群众，佛道二教常常用走出庙观的方式扩大影响。在寺庙附近组织庙会就是其中一种形式。客观上说，庙会为人们提供了交易机会，促进了民间物资交流。徐州云龙山每年农历二月十九日都要举行观音菩萨诞辰庙会，俗称"云龙山庙会"，一般为三天，参与人数达百万以上，遍及鲁南、豫东、皖北接壤地区及徐州六县(市)、五区，物资交易额都在数亿元。另外还有泰山庙会、五毒庙会、白云洞庙会、楚王山庙会等等，这些庙会极大繁荣了当地经济。

第七，繁荣了神话传说和文学创作。许多民俗都伴有传说，行诸文字，就是民间文学。比如正月十五元宵节，是民俗节日，民间很看重这个节日，各地过元宵节形形色

阳台上的花

色，其传说故事也五花八门。元宵节是个很古老的风俗了，《西都杂记》说："西都京市街衢，有金吾晓暝传呼，以禁夜行。唯正月十五日夜，敕许金吾弛禁，前后各一日。"狂欢之中，故事迭出，传说不断。这些传说故事不仅丰富了人们的文化生活，也为文人文学创作提供了源泉资料。历代诗文、戏剧、传奇小说等，写到元宵的作品层出不穷，连《红楼梦》也多次浓笔重彩。《红楼梦》开篇不久，就写甄士隐元宵节丢女儿英莲的事情，好好的一个节日发生了不幸。五十三回和五十四回祥写荣宁二府过年，其中半回写年景，一回半写元宵，绘声绘影，那是够细的了。明代刘士骥的长诗《元宵行》写道：

长安城头明月吐，长安城里喧箫鼓，正是太平全盛时，共欣佳节逢三五。三五良辰春色浓，金吾不禁九关通……狭路肩摩人似蚁，交衢毂击马如龙……此日嬉游卸玉鞍，此时谈话催银漏。谈笑嬉游乐事频，千门儿女闹芳辰。何处不歌落梅曲，何家不赛紫姑神？别有豪华五侯宅，锣玉铿金开绮席；绛蜡辉连十二栏，瑶尊香扑三千客。座上蒙茸集翠裘，灯前宛转涂黄额……

实际上，文学作品，特别小说之类，是离不开民俗的，民俗写得好，小说就精彩，反之，就枯燥无味。退一步说，无论如何，民俗都是文学的一个借鉴，有这个借鉴和没有这个借鉴是不一样的，这是不争的事实。

第八，催生和展示了民间艺术。不少民间艺术也是民俗艺术，比如香包、泥塑、糖人、剪纸、镂花等等。剪纸是中国古老的传统民间艺术，也是中国最为流行的民间艺术之一，它历史悠久，风格独特，深受国内外人士所喜爱。根据考古，剪纸历史可追朔到公元六世纪，但人们认为它的实际开始时间比这还要早几百年。在新疆吐鲁番火焰山附近，先后出土了北朝时期五幅团花剪纸。这是用纸剪成美丽的图案花纹，也是我国目前最早发现而且有据可查的剪纸实物。这说明剪纸在中国民间源远流长。据考证，中国剪纸源于北方，南方剪纸是在这门工艺传到南方后才发生演变的。从风格上来说，北方剪纸大多豪放、粗犷，能够寻觅到远古图腾崇拜的踪影，南方剪纸大多与日常生活紧密相连，故而精细婉约。过去，剪纸多用于宗教；现在，剪纸更多的是用于装饰。剪纸可用于点缀墙壁、门窗、房柱、镜子、灯和灯笼等，也可为礼品做点缀之用，甚至作为礼物赠送他人。

总之，民俗涉及的内容很多，它所研究的疆域还在不断拓展，这里列举的只是部分，序列也没有先后意义。民俗文化作用如此之大，研究民俗文化的意义就显得很重要了。特别当前建设和谐社会，民俗在其中当有特殊效益，民俗工作者更应该加倍努力，挖掘和整理地方民俗，加强研究，去伪存真，剔除糟粕，弘扬精华，以期为中华民族的伟大复兴作出自己的贡献。

民俗文化的两重性

和一切事物一样,我们的民俗文化也具有两重性,而且具有多层两重性:一方面它有引导民众积极向上、尊老爱幼、约束人们尊重公共道德的先进性;另一方面也包涵了一些封建迷信和腐朽观念的糟粕;一方面它有"雅文化"的巨大含量,是"雅文化"的民间"俗"的载体,另一方面又有"俗文化"的内容,是某些腐朽观念的"雅"的表现;一方面它是约定俗成的形式,另一方面它也"与时俱进",在不断演化、取舍、组合、丰富等等。这是因为,传统民俗文化由于经历了漫长社会历史的积淀,因此,传统民俗文化的许多要素带有各个历史时期的烙印。同时,历史是在不停地前进着,民俗文化也要受到这个不停前进着的历史的影响,表现出新的特点。

比如婚嫁,过去时代用花轿接新人的方式基本绝迹,上世纪六七十年代用马车、自行车接新人的方式也几无踪影(某些极其偏僻的山区不排除还有极少数存在)。而婚礼仪式也与以前有很大的变化,更是朝着多元化的方向发展,某些方面简化了,省略了，某些方面复杂了，新增了，雅的东西不少，俗的东西也很多，这里边既有文明的主体，也有非文明的成分。一般而言，城市里的婚庆礼仪多是文明的，乡村里的婚庆礼仪中不乏粗俗的细节，它既"规定"了婚礼的程序，使之不致紊乱，强化了婚姻的合法性，又有一些封建的、庸俗的、甚至不人道的东西。某些地方的"闹喜"，就往往酿出一些悲剧。举两个例子：一是有一对新人结婚那天，他的老表"闹喜"时过了头，新娘火起，打了老表两巴掌，从此两家断了来往，形如仇敌。还有一个是，"闹喜"时一个男人"摸"了新娘一把，凑巧的是，这对夫妇生活不和谐，新娘竟"移情"那个"摸"了她一把的男人，与之私通，后来发展到双双出走。

事例当然不需多举，仅此足以证明，民俗文化的两重性是客观存在的，并且是普遍的存在。我们在挖掘和整理、研究民俗文化时，必须有正确的指导思想和积极的态度，要下一番"去粗取精，去伪存真"的功夫。

我个人认为，研究传统民俗文化，必须运用马克思主义观点，全面分析民俗文化的诸多方面，弘扬其中反映优秀民族精神的精华，批判封建迷信的历史糟粕，引导当代人移风易俗，摒弃各种愚昧、落后的陈规陋俗，弘扬积极健康的民俗风尚，不断优化我们的民俗文化，优化中华民族的人文精神。不仅要研究民俗文化现象本身，还必须从描述表象，向民俗现象形成的社会历史背景延伸，向影响民俗文化发展、传承的政治、经济、民族、意识形态、自然环境延伸。只有不断整合多学科研究方法，才能把民俗文化现象科学地描述、记录下来。一个地区的民风民俗，是居住在该地区的人群在长期生活中形成的社会风气和生活习惯。它从一个侧面反映了该地区人们的意识形态和思想观念，有很强的区域性、民族性、连续性，并具有鲜明的时代特色。民风民俗是区域文化的重要组成部分，有它历史形成的原因。所以，要历史唯物主义地看待它。我这里所谓历史唯物主义地看待民俗文化，毋庸讳言，是站在现时代的立场，是一种"回顾式"的对待，是为了吸取其精华为现代文明服务。徐州民风彪悍，崇文尚武，但也非常的细腻、周到，热情好客，淳朴大方，有情有义，诚实诚信，宏观上有相当的目标性，微观上也十分灵活多变。这与徐州的地理位置有关，也与传统的文化积淀有关，不南不北不东不西的地理方位形成了徐州人的复杂文化基因，五省通衢的重镇兵家必争之地又造就了徐州人不畏艰险敢为天下先的性格特点。这其中的积极方面我们要发扬，消极的方面应该批判、摒弃、用另外的方式消化。

民俗的具体内容是复杂的、庞大的，几乎涵盖社会生活的方方面面。民俗文化的两重性也表现出多种多样的形态，有时是"美丑不分"的，这对人们的辨别能力是一个特殊的考验，可人们意识的烙印则千差万别。就是说，民俗对一个人的世界观的形成也往往有一定作用。因为民俗文化无处不在，它既然是传统文化的一种积淀，它对人的影响就是必然。柏杨先生把中国社会传统文化比作"酱缸"，事实上我们都不同程度地受了这个"酱缸"的熏染，自然有消极的一面，也有积极的一面，这是由于民俗文化的两重性所致。上面举的婚嫁的例子，除了规范婚姻有利社会秩序而外，某些腐朽的方面也可能给人造成一种"生活就是这样"之类的印象，某些正处在长身体、形成世界观的青少年则可能产生消极影响。

本来，民俗的形成是与倡导者有关的。具体地说，过去的许多民俗礼仪等，都是统治者为了统治的方便而经过"策划"后推行的，因此，它又是精英文化与民间生活和民众文化的结合。故《礼·缁衣》中说："故君民者，章好以示民俗，慎恶以御民之淫，则民不惑也。"意思是，统治人民的国君，倡导民俗，是为了限制民众的淫欲，使民众不至于"迷惑"，实际上是通过强化民俗，维护统治。像"寒食节"，原是春秋时期晋国君王为纪念义臣介子推而下令禁止民间烧火为炊的日子，推行的目的有号召人民向介子推学习忠于君王保持气节的意思，是一种意识形态的行为化。但是到了后世，纪念介子推的信仰被逐步弱化，而寒食节不烧炊的习俗作为一种民俗载体，被时代传承下来，并形成了祭祀亡灵的节俗，这就是清明节。这种演化，是时间和接受层次的推移和泛化的结果。在研究过程中，我们既要看到民俗的表象，又要看到它的典故之"核"，既要看到有利和谐的一面，又要看到可能带来的不利因素。不然就不是研究，只描述不分析不是研究，一概拿过来应用而不加以"去伪存真"也不是研究。我们民俗学会的目的不仅是挖掘徐州民俗，更主要的是，认真研究徐州的民俗文化，为我们的文化复兴服务。

博大精深的传统民俗文化，是中华民族文化的重要组成部分，传统民俗文化的精华，是民族文化灵魂的印记。弘扬民俗文化中积极、健康、进步的成分，可以引导人们崇尚美好、关爱他人、陶冶情操。其中一些优秀的道德信条、科学信仰,可以坚定人们的信念,规范人们的行为,激发人们热爱祖国、弘扬正气的热情,有助于促进移风易俗,自觉抵制贪财忘德、奢侈腐朽的恶风陋俗,减少民俗公害,传播科学精神,提高民众素质。民俗文化中许多优秀的成分,还可以转化为文化资产,带动经济发展。发掘徐州民俗文化精华,利用我们优秀的传统民俗服饰、特色食品、民俗礼品、民俗庙会、节日花会、地方戏曲以及一些特色民间民俗文化精华,开发独具特色的地方民俗文化产品,开创特色民俗文化活动(如徐州伏羊节),促进旅游产业发展,促进徐州经济又好又快发展。

研究是为了继承。继承就存在继承什么的问题。任何事物都是具有两重性的,继承本身也是如此。我们为之自豪的中华文化是由两部分组成的:一部分是精英和典籍的文化;一部分是民间民俗文化。这两部分文化同等重要,相互不能代替。特别是民间文化,它是我国人民用双手和心灵创造的(当然不排除统治者的推波助澜和操作),五千年来,积淀深厚,博大而灿烂,深深凝结着人民的生活情感与人间理想。它与我们的生活息息相关,实际是我们每一个人自觉不自觉继承的重要部分。我们之所以研究,就是要自觉继承其中好的东西,摒弃不好的东西,使我们的继承"不断地由必然王国向自由王国发展",以推进现代文明建设。

但是,由于种种原因,民俗文化并没有处在与精英文化同等的位置上,它们大多是凭借着口传心授,以相当脆弱的态势代代相传,或者畸形发展。原因也许不复杂,一方面是农耕时代将要消亡。随着工业化和城市化的加速,原有的农耕文明结构下的许多文化形态和方式都在迅速瓦解与消亡。民俗文化也不例外。但是,一种民俗消亡了,另一种民俗还会生长起来。这另一种民俗的生长也必然有它的"土壤",这就是传统文化。另一个是外来文化。这就是第二个原因,全球化的冲击。风靡全球的商业性的流行文化,加之宗教文化的强势进入,正在猛烈地冲击着我们的民族文化,民俗文化自然不能幸免。我们的态度应当是,积极应对这种冲击,批判继承、努力弘扬我们中华民族优秀的传统文化遗产。

民俗文化具有两重性,我在这里提出这个问题的目的,是为了引起有关研究者的注意:民俗不是"铁板一块"的,不是说凡是民俗的都是好东西都值得发扬。既然是研究,无论如何要多从几个方面入手,要看到问题的多个方面,要分析一切存在的矛盾和关系,要指出事物和问题的两面性乃至多重性,要让研究为现实服务。若此,我的这篇小文就没有白写。

卷后语

曾经,我是个热血沸腾的文学青年。步入中年后,由于生活的艰辛,病痛的折磨,让我对生命有了极大的敬畏和怜惜。同时,那炽热的文学激情却离我越来越远,仿佛一张网重重地把我的灵感给扣住了。二十余年来,除了研究地方文化史和努力工作外,一直没有再提笔为文。我无数次地问自己,难道我的笔就此搁下了?

某个春日的早晨,一棵长在路边被践踏得奄奄一息的花被我捡了回来。我找来花盆种在住屋里唯一有阳光的地方——一个几平方米的小阳台上。我对盆里的花倾注了很大的心血。第二年的春天,又是一个早晨,我在阳台上伸展我大病初愈的肢体,无意间发现那丛晃眼的绿色中,一朵艳艳的娇红吸引了我。我的心为之一动,再一动,有股子热血往上冲了上来,眼里竟也有热的东西在挣扎。我抬眼朝向远处,竟有无数个楼房的阳台上那些一丛一丛的绿色中,也有一点一点或浓或淡红的黄的光点,我油然而生出激情,久违了的文学写作冲动再次来临。

我返身进屋,尘封的灵感从此决堤,成汹涌之势。

看来,我的笔是搁不下了。

于是就有了上面的所有文字!

这段话好像应该作为小序放于卷前,而我却放在了这里,一个按正常思维方式不该放的地方,可见我是前后不分、正反莫辨、颠倒无稽的家伙。

没有办法了,既已放了,那就放吧!